Vom Kuchen und Finden

Sandra Da Vina

Erste Auflage 2018

Lektora GmbH
Schildern 17–19
33098 Paderborn
Tel.: 05251 6886809
Fax: 05251 6886815
www.lektora.de

Druck: MCP, Marki
Covermotiv: Olivier Kleine, olivierkleine.de
Covermontage: Olivier Kleine, olivierkleine.de
Lektorat: Lektora GmbH, Denise Bretz
Layout Inhalt: Lektora GmbH, Denise Bretz
Printed in Poland

ISBN: 978-3-95461-131-7

Der Text »Kannst du?« ist erstmalig erschienen in »Lautstärke ist weiblich«. Hg. v. Clara Nielsen u. Nora Gomringer. Berlin: Satyr 2017, S. 256.

Inhalt

Wie war noch gleich der Name?

Ich kann mir keine Namen merken. Das war schon immer so. Wenn meine Eltern mich nicht achtzehn Jahre lang mit größter Geduld immer wieder »Sandra!« gerufen hätten, wäre ich gar nicht auf die Idee gekommen, dass dieses Wort irgendetwas mit mir zu tun hat. »Sandra« könnte alles sein: ein Tier, ein sehr leckerer Nachtisch oder eine Beleidigung. Aber wie es meine Familientradition so will, bin ich Sandra. Das wurde entschieden und ich hatte da kein Mitspracherecht.

Wenn ich mir selber einen Namen geben könnte, wäre das etwas Kraftvolleres. Etwas mit Substanz. Das direkt auf eine Person schließen lässt, die nie ihre Wohnungsschlüssel verliert und die auf Komplimente mit »Ich weiß« antwortet. Jemand, der reichlich selbstbewusst ist, auf so eine ganz natürliche Art und ohne, dass man ihn dafür hassen muss. Mein Name wäre »Zementmischer«. Oder »Schwermetall«. Damit könnte ich mich anfreunden. Außerdem bin ich ein bisschen neidisch auf Krankheiten, weil die aus irgendeinem Grund die coolsten Namen haben. Mumps zum Beispiel. Mumps ist auf jeden Fall jemand, mit dem ich gerne befreundet wäre. Oder Scharlach.

Menschen heißen immer irgendwie, dieses Konzept hat sich durchgesetzt. Allesamt langweilige Namen, nur eine Aneinanderreihung beliebiger Silben, und wenn man das Ganze im großen Lexikon der Vornamen nachschlägt, hat ein Dr. Uwe-Peter für alles eine abgefahrene Bedeutung zusammengegaunert. »Der Vorname ›Sandra‹ kommt von ›Alexander‹, der Beschützer«, steht da. Ich erinnere mich nicht, dass ich jemals in meinem Leben irgendetwas beschützt hätte. Ich kann weder besonders gut auf mich noch auf andere Leute oder irgendwelche Gegenstände aufpassen. Mir wurde bereits sechsmal mein Portemonnaie gestohlen und einmal hat mich ein Eichhörnchen verprügelt.

Ich glaube, Namen wurden nur dafür erfunden, damit man beim Lästern nicht so umständlich erklären muss, um wen es geht. »Hier, die eine, die mit den braunen Haaren, die immer so lacht, als wäre sie ein Pavian«, müsste man sonst sagen. So reicht »Sandra«.

Ich kann mir einfach keine Namen merken. Nicht nur meinen eigenen, sondern ganz grundsätzlich nicht. Ehrlich gesagt weiß ich nicht mal genau, wie meine Eltern heißen. »Mama« und »Papa« halt, das hat bisher immer super funktioniert. Ich erinnere mich düster, zu Hause mal Namen auf Briefumschlägen gelesen zu haben, aber wer von beiden jetzt »Manfred« heißt, kann ich natürlich nicht mit aller Sicherheit sagen.

Ich gebe offiziell auf. Schon im ersten Moment des Kennenlernens, quasi in dem Moment, wo ich die fremde Hand noch schüttele, weiß ich nicht mehr, wie der dazugehörige Körper heißt.

»Hallo, ich bin Thomas!«

»Ah, hallo Thomas!«

Wie heißt der Mann? Ich kann mich einfach nicht erinnern. Ich vergesse das sofort wieder. Der Name fällt einfach durch mich hindurch. Ich glaube, der hat mein Gehirn nicht mal gestreift. Wenn sich mir jemand vorstellt, läuft das in meinem Kopf exakt so ab: »Okay, Sandra, Mensch auf 12 Uhr, Mensch auf 12 Uhr, Achtung! Dunkelhaariger Typ mit Karo-Hemd, der kommt direkt auf dich zu, sieht ein bisschen so aus wie jemand, der gerne Müsliriegel isst, Achtung, Sandra! Jetzt! Durchsage an alle Körperteile, die Hand wird gebraucht, Hand bitte! Da ist sie, super, jetzt zupacken, weitermachen, schütteln, nur leicht schütteln, wir wollen nichts kaputt machen. Oh, der fasst sich aber komisch an, ICH MÖCHTE MEINE HAND WIEDERHABEN! MEINE HAND, GIB MIR MEINE HAND WIEDER! Ah, danke.« Und neben dem kurzen »Hallo!«, das meine Lippen in der Zwischenzeit verlassen hat, ist mir nicht aufgefallen, dass mein Gegenüber überhaupt gesprochen hat.

Ich könnte natürlich einfach nachfragen. Ich könnte irgendwann zugeben, dass ich zwar weiß, wie Leon Morenos fünf bis sieben Kinder heißen, aber keine Ahnung habe, welchen Namen ich rufen soll, wenn hier gleich ein Feuer ausbricht und ich sichergehen will, dass es alle rechtzeitig rausschaffen. Aber ich frage nicht nach, weil es mir peinlich ist. Weil ich dann zugeben müsste, dass ich einer dieser Menschen bin, der in einem Agentenfilm auf die Frage »Wie ist das Code-Wort?« mit »Hab' ich vergessen« antwortet. Und das Code-Wort ist meistens nicht »Hab' ich vergessen«.

Besonders unangenehm wird mein fehlendes Interesse an biografischen Fun Facts, wenn man später Kontaktdaten austauscht. Aus Mangel an Informationen weise ich den neuen Handynummern dann meistens situative Stichwörter zu. Ich habe einige »Edekas« in meiner Kontaktliste, drei »Blond mit Brille« und ein »Kannst du später wieder löschen«.

Warum tragen nicht alle großflächig bedruckte Trikots wie die ganzen Fußballspieler? So ein Sportkommentator, der hat es doch wirklich leicht. Der muss nur vorlesen, was auf den Trikots steht. Der muss im Grunde nicht mal wirklich wissen, wie die ganzen Leute auf dem Platz im Gesicht so aussehen. Der könnte auf zwanzig Zentimeter an Manuel Neuer herantreten und denken: »Keine Ahnung, wer der Typ ist!«, solange auf dem Platz nur alles ordentlich beschriftet ist. Ein idiotensicheres Konzept.

Und dann gibt es Leute, die mich immer so penetrant mit dem Namen ansprechen, obwohl der gar nicht auf meinem T-Shirt steht. »Wie geht es dir, Sandra? Was machst du gerade so, Sandra?« Und ich verstehe das nicht. Warum tun die das? Wollen die Smalltalk machen oder angeben? Sowas macht mich immer ein bisschen nervös, weil ich glaube, dass es nur zwei Sorten von Mensch gibt, die so reden:

1. Detektive, die ihre Schreibtischlampe auf einen gerichtet haben und dabei mit einer Jack-Nicholson-Stimme unangenehme Fragen stellen.

2. Klugscheißer, die ganz genau wissen, dass ich keine Ahnung habe, wie sie heißen, und die mich gerne schwitzen sehen wollen.

Dabei wäre es doch viel logischer, wenn man stattdessen immer direkt seinen eigenen Namen sagen würde. Das wäre doch mal wirklich hilfreich! »Hallo – Sandra. Ich freu mich voll dich zu sehen – Sandra. Geht es dir gut – Sandra.« Es würde vielen Menschen viel Gegrübel ersparen.

Ich fände es noch besser, wenn alle einfach Kim hießen. Meinetwegen auch Kimm mit Doppel-M. Oder Cim mit C. Oder irgendwo ein H oder ein komischer Akzent, das ist mir egal, da könnt ihr ganz kreativ sein. Aber halt einfach [kɪm]. Wie super wäre dieses Leben? Wenn jemand [kɪm] ruft, würden sofort alle hören. Man hätte etwas gemeinsam und bestimmt wäre diese Welt dann 30 Prozent weniger feindselig. Niemand würde mehr ausgelacht, weil die Eltern bei der Geburt schlechten Geschmack bewiesen haben. Keine Uwe-LKW-Schilder mehr, keine unangenehm langen Namenstattoos auf Schultern und Unterarmen. Die ganzen personalisierte-Kugelschreiber-und-Schlüsselanhänger-Hersteller hätten dann endlich ein bisschen mehr Freizeit, weil sie die Peter-und-Susanne-Charge stornieren könnten. Und ich hätte sehr viel mehr Zeit, in der ich nicht überlegen müsste, wie der Mensch heißt, der mir gerade Frühstück macht.

Also, tut mir einen Gefallen: Nennt eure Kinder [kɪm] oder druckt ihnen wenigstens T-Shirts. In diesem Sinne: »Macht euch einen schönen Tag! – Sandra.«

Mein Fahrrad

Irgendwer hat mir mein Fahrrad geklaut. Wobei es nicht irgendwer war, sondern der, der mir mein Fahrrad geklaut hat. Ich habe wenig Informationen zu dieser Person, sie hat keine Spuren hinterlassen oder eine Grußkarte, nicht mal geklingelt hat sie, um kurz »Hallo« zu sagen oder die Toilette zu benutzen. »Es muss ein Mensch mit Geschmack gewesen sein«, habe ich dem Polizisten versichert, der am nächsten Morgen ein paar Notizen zu dem Fall machte, die in etwa so ausgesehen haben dürften: »Fahrrad als gestohlen gemeldet. Sonst wenig los heute. Ich habe Hunger und denke, dass ich das mit dem Vegetariersein wieder bleiben lasse.« Denn es ist nichts weiter passiert, außer dass ich den Polizisten später an einer Currywurst-Bude habe stehen sehen, wo er verdächtig fröhlich wirkte. Es will mir beim besten Willen nicht gelingen, fröhlich zu wirken, jetzt, da ein anderer Mensch mein Fahrrad besitzt.

Mein Fahrrad mit den kleinen Blitzen und Sternen an den Speichen. Mit dem handgeflochtenen Korb aus Weiden. Mit dem Sattelschutz in Karminrot, ein Werbegeschenk von meiner Bank. Hässlich und praktisch gegen Regen, aber nicht gegen Diebstahl. Gegen Diebstahl hilft halt nicht viel, selbst das größte Schloss kann geknackt werden und ich hatte weiß Gott nicht das größte Schloss, es war also doch irgendwie mein Fehler, dass mein Fahrrad jetzt weg ist.

Mein Fahrrad, das ich an schlechten Tagen »scheiß Rad« nannte, weil es manchmal ein wenig eierte und es mich einmal auf nassem Laub im Stich gelassen hat und wie ein Betrunkener zur Seite weggekippt ist. Ich habe eine Narbe an meinem Knie von meinem Fahrrad, das ich an guten Tagen leise tätschelte, dann nämlich, wenn ich es in Hinterhöfe oder Hauseingänge schob, um einen Ort zu finden, wo mein Fahrrad gerne die Nacht verbringen mag. Manches Mal hat es dicht gedrängt an Mountainbikes gestanden, hat sich angelehnt an metallisch glänzenden Fixie-Rädern, hat geduldig gewartet, ausgeharrt bei Regen und Minusgraden, nur für den Fall, dass wir beide noch irgendwas vorhaben.

Mein Fahrrad, das mein Vater mir damals besorgt hat, kurz nachdem ich mit seinem Auto gegen etwas gedotzt bin, das sich mir beim Einparken in den Weg geworfen hatte, obwohl es nachweislich ziemlich gut am Boden befestigt war, weil es eine Wand war. Mein Fahrrad, mit dem ich noch nie gegen eine Wand gefahren bin, aber schon siebenmal gegen sehr extrovertierte Buchsbaumhecken, die irgendwer vergessen hatte zu schneiden, sodass ich das mit meinem Fahrrad übernehmen musste. Mein Fahrrad, das ein fröhliches Fahrrad war, weil es nachts leise Melodien summte, wenn der Dynamo an seiner Felge rieb.

Mein Fahrrad, auf dem ich so aussah wie ein Mensch, der genau im richtigen Maße sportlich ist. Ein Mensch, der weiß, was er will, und der wochentags manchmal Passanten von Fahrradwegen klingelt. Vor allem deshalb, weil dieser Mensch es eilig hat, zu seinem sehr wichtigen Termin zu kommen, aber auch weil er das Geräusch der Fahrradklingel so mag. So ein Mensch wäre ich gerne. Aber so ein Mensch bin ich nicht.

Tatsächlich bin ich bedauerlich unsportlich, habe jede Menge unwichtiger Termine und bin viel zu harmoniebedürftig, um irgendwen aus dem Weg zu klingeln. Stattdessen rufe ich dann: »Hallo, Entschuldigung! Ich mag Ihre Frisur und ich finde, Sie können sehr gut schlendern, aber vielleicht lassen Sie mich einmal kurz vorbei. Das wäre furchtbar lieb und Sie sehen aus wie jemand, der furchtbar lieb ist!«

Und meistens stellt sich dann heraus, dass dieser jemand nicht furchtbar lieb ist, weil man sowas den Menschen eben nicht ansieht. Genauso wie man ihnen nicht ansieht, dass sie nachts mein Fahrrad klauen. Mein Fahrrad, auf dem ich so häufig saß, dass sein Sattel zu meinem Sofa wurde, sein Lenker zu meinem Cockpit. Mein Fahrrad, auf dem ich saß und viel zu selten klingelte, viel zu häufig schwitzte und sogar einmal küsste. Ein Abschiedskuss nach zwei Litern Bier und vierzehn W-Fragen. Woher? Wohin? Was? Wie lange schon? Achtmal: Warum? Einmal: Wo wohnst du? Dann der Kuss.

Ich habe das nie verstanden, warum man sich erst zum Abschied küsst. So ein Kuss ist doch der Anfang von etwas, wie der Vorspann zu einem Film. Dann steht man nicht einfach auf und verlässt das Kino. Man bleibt und wartet ab, will wissen, was passiert. Weiterküssen. Einfach weiterküssen. Vornübergebeugt, die paar Gramm Bauchspeck am Lenker, nur ein wenig Haut und Pullover zwischen Klingel und Leber. Das fremde Gesicht an meiner Hand fühlte sich an wie mein Fahrradsattel, weich und warm. Hier und da ein kleiner Bartstoppel. Ich habe dieses Gesicht wochenlang sehr gerne angesehen. Dann war es irgendwann weg, hat nicht mehr in meine Augen geguckt und dabei Dinge gesagt, die man gerne hört, wenn man verliebt ist oder verwirrt oder beides. Ich würde dieses Gesicht sehr gerne wiedersehen, nur um zu fragen, ob es sich noch an mein Fahrrad erinnert, dieses Fahrrad, das verdammt schön war, obwohl es nicht besonders neu oder teuer gewesen ist. Obwohl es hinten am Gepäckträger schon ein wenig rostig war und die Bremsen manchmal quietschten.

Mein Fahrrad, das ich nicht habe quietschen hören, als der Dieb es nachts unter meinem Fenster entlanggeschoben hat. Dieser Dieb, den ich mir vorstelle wie eine Mischung aus Räuber Hotzenplotz und einem bescheuerten Frettchen. Und dem ich gerne sagen würde: Das ist nicht okay. Es gibt einen Grund, warum dieses Fahrrad dort stand. Weil es auf mich gewartet hat. Es gibt einen Grund für diesen hässlichen Sattelschutz. Weil ich es nicht mag, mich in Regen oder Schnee zu setzen. Es gibt einen Grund für die verdächtig neue Klingel am Lenker. Weil ich mich einfach noch nie getraut habe, sie zu benutzen. Es gibt einen Grund, warum in den Speichen kleine Blitze und Sterne hängen. Weil mein Fahrrad ein galaktisch guter Typ ist. Es gibt einen Grund für die kleinen Kratzer im Lack. Weil da offenbar ziemlich viele Buchsbaumhecken in meinem Leben sind. Aber von all dem weißt du nichts.

Also, wenn Sie mein Fahrrad gesehen haben, dann melden Sie sich bitte. Es ist blau und hat zwei Räder, einen

Sattel und einen Lenker. Es sieht ein bisschen aus wie ein Pferd, nur ganz anders. Eigentlich sieht es aus wie jedes andere blaue Fahrrad auf dieser Welt, aber es ist mein Fahrrad. Und ich hätte es wirklich gerne wieder.

Masterarbeit

Seite 1

So. Jetzt kann es losgehen. Ich werde jetzt gleich anfangen, etwas zu schreiben. Es könnte jeden Augenblick so weit sein. Ich möchte niemanden beunruhigen, aber da brodeln schon ein paar ziemlich krasse Fachbegriffe zwischen meinen Ohren. Ich habe heute Morgen extra ein paar Minuten länger meine Haare geföhnt, um die Birne auf Betriebstemperatur zu bringen. Es kann losgehen.

Seite 2

Ich denke, es ist wichtig, schon an diesem frühen Zeitpunkt der Arbeit Kreativität zu beweisen. Deswegen streiche ich das generische Maskulinum und ersetze in meiner Arbeit alle Personalpronomen und identitätsstiftenden Hauptwörter durch das Wort »Rakete«. Das erscheint mir durchaus im Sinne der Gleichberechtigung zu sein.

In einer Fußnote habe ich mein Vorgehen gewissenhaft erläutert:

Fußnote 1: Die vorliegende Arbeit nutzt im Sinne einer vereinfachten Lesbarkeit das generische »Rakete«-Wort. Selbstverständlich schließt die Raketen-Form auch alle anderen Geschlechtsformen sowie Tiere, Stangengemüse, Fallobst, das Prinzip der Photosynthese und Buntstifte mit ein.

Alles, was man in einer Fußnote erklärt, ist automatisch richtig.
 Es läuft bei mir.

Seite 5

Ich möchte nicht behaupten, dass ich bald fertig bin, aber ich habe das Gefühl, dass ich bald fertig bin. Die 75 Seiten, die noch fehlen, kribbeln schon erwartungsvoll in meinen Fingern. Es könnte gut sein, dass ich heute Nacht die Arbeit in den Druck gebe. Es könnte gut sein, dass ich morgen schon promoviere. Es könnte sehr gut sein, dass ich demnächst mehrere Preise verliehen bekomme, von denen siebzehn etwas mit Nanophysik und drei etwas mit der Rettung von sehr plüschigen Wildtieren zu tun haben. So was geht irgendwann ganz schnell.
 Leider habe ich dann doch nur eine Staffel *Game of Thrones* geguckt.

Seite 6

Ich glaube, ich werde nie fertig. Ich habe keine Ahnung, wie ich die vierzehn Stichwörter, die ich aus meiner vierwöchigen Bibliotheksrecherche gewonnen habe, zu einem

80-Seiten-Text aufblähen soll. Ich entscheide spontan, andere wichtige Fragen der Menschheit zu verhandeln, um das Papier nicht zu beschämen. Ich füge zu meiner Arbeit weitere, durchaus interessante Kapitel hinzu, darunter »Veganes Rührei und warum es im Mund quietscht«, »Radfahren, während man nach hinten guckt« und »Wie man einen Duftbaum als Deo benutzt«. Der Teil zwischen Einleitung und Fazit liest sich jetzt wie etwas, mit dem man auf *Bento*, *Buzzfeed* oder der *GMX*-Startseite eine Menge Klicks generieren würde. Ich denke, mein Prüfer wird sehr dankbar sein für diese Serviceleistung.

Wieder zurück auf Seite 5

Mein Prüfer informiert mich per Mail, dass ich bitte beim Untersuchungsgegenstand bleiben solle. Er verstünde das Raketen-Prinzip nicht so ganz, aber könne sich privat auch für Astronomie begeistern. Wenn ich ein Astronaut hätte werden wollen, hätte ich nicht Germanistik studieren sollen. Dann kichert er eine Weile über diesen Reim, was man in der E-Mail nur schlecht hört, deswegen ruft er mich extra nochmal an.

Ich lösche die Lebenstipps also wieder und erinnere mich an den Ursprungsplan: In größtmöglicher Redundanz einen Sachverhalt verhandeln, den man in einem Satz hätte erschöpfend darstellen können. Bei dem Spieleklassiker *Activity* wäre mein Thema eine 1-Punkte-Karte. Jeder Viertklässler könnte aus dem Inhalt meiner Arbeit eine Laterne basteln, die mehr wissenschaftliche Strahlkraft hätte als meine 80-Seiten-Master-Thesis. Ich bin mir sicher, dass es in der Gebärdensprache möglich ist, den Inhalt meiner

Arbeit in einer einzigen Geste auszudrücken. Ich möchte aber nicht sagen, welche Geste das sein könnte.

Ich rede mir also alles eine Weile schlecht und weine darüber in einem Maße, wie ich es bisher nur von dieser Zeit nach Karneval kannte, wenn man feststellt, dass die siebzehn bekommenen Handynummern alle falsch sind.

Seite 34

Ich muss mich wirklich sehr doll darauf konzentrieren, nicht zu viele Smileys zu verwenden. Da ist es ein schmaler Grat zwischen noch-okay, perfekt-eingesetzt und way-too-much. Gerade als Frau muss man aufpassen, dass man nicht so emotional rüberkommt. Allerdings habe ich große Angst, dass jemand meine Ironie in Kapitel 7 nicht versteht. Daher baue ich direkt in die Überschrift einen Zwinker-Smiley ein.

Seite 52

So langsam glaube ich, zu wissen, worum es in meiner Arbeit geht. Irgendwie verstehe ich plötzlich, was ich sagen will. Ich könnte nun alle »vielleichts«, »geht sos« und »joah, kann schon seins« streichen und ein bisschen mehr Selbstbewusstsein zeigen. Ich bin eine Forscherin! Das letzte Mal, dass ich mich so lebendig und klug gefühlt habe, waren die fünf Minuten, in denen mein Mathelehrer mir aus Versehen die Arbeit von meiner Mitschülerin Muriel wiedergegeben hat und ich wirklich überzeugt davon war, dass diese 1- auch zu mir gehört. Dann stellte sich heraus, dass stattdessen meine Versetzung gefährdet war.

Seite 68

Ich habe schon mal einen Teil der Arbeit zur Korrektur rausgeschickt und erstes Feedback von Freunden und Verwandtschaft bekommen. Meine Mutter hat mir ein Gif geschickt, in dem ein Pavian mit seiner Kacke wirft. Mein Vater bittet mich freundlich darum, seinen Namen aus der Widmung zu streichen. Von meiner Freundin Kathie habe ich eine Sprachnachricht bekommen, in der sie mir sehr geduldig erklärt, warum sich *Paint* als Programm zur Erstellung von Kuchendiagrammen in der Wissenschaft so nicht durchsetzen konnte. Meine Nachbarin Jutta fragt mich, ob ich demnächst bei ihr putzen möchte. Kurzum, es waren doch noch mehr Unstimmigkeiten drin, als ich vermutet hatte.

Seite 77

Endspurt. Nachdem ich alle 7.328 Kommentare und Vermerke meiner Testleser umgesetzt habe, ist die Arbeit in einem durchaus erfreulichen Zustand. Sie hat sogar fortlaufende Seitenzahlen und beachtet gewissenhaft die Groß- und Kleinschreibung. Ich werde nun die letzten Worte schreiben und mich dabei sehr wichtig fühlen:

So, Freunde. Das war es also gewesen.

Liebe Grüße, Sandra.

Unglücklich verliebt

Ich bin unglücklich verliebt. Ich bin so heftig doll unglücklich verliebt wie jemand, der sich sehr anstrengt darin, unglücklich verliebt zu sein. Der das richtig gut machen will. Der mal ordentlich Anlauf genommen hat. Der geübt hat, seit Jahren, nur um jetzt endlich mal zu liefern. Das ist das Problem: Ich möchte in allem immer die Beste sein, und, hell yeah, ich habe jeden Preis verdient, denn ich mache keine halben Sachen, ich bin von ganzem Herzen unglücklich. Ich bin unglücklich, weil ich weiß, dass du mich nicht halb so prima findest wie ich dich. Ich finde dich oberprima. Ich finde dich penthousedachterrassenknorke, du findest mich gartenlaubenokay.

Alles begann damit, dass mein Körper sich merkwürdig verhielt, wenn ich in deiner Nähe war. Dieser Körper, den ich jetzt wirklich lange genug beobachtet habe, um sicher sagen zu können: Der war echt komisch drauf, wenn du in den Raum gekommen bist. Der war plötzlich ganz unzuverlässig, hat unkontrolliert angefangen, zu schwitzen und zu kichern, war überhaupt ziemlich albern und dumm, hat spontan so getan, als hätten wir in den letzten 28 Jahren NICHT erfolgreich atmen, gehen und sprechen geübt. Alles weg. Stattdessen dumm grinsen und zur Begrüßung »Gnihihi« sagen.

Ich bin zu alt für sowas. Ich bin fast dreißig. In meinem Alter ist man unglücklich verheiratet, nicht unglücklich verliebt. Man ist unglücklich, weil man diese Wohnung nicht bekommen hat, die im Bad sogar ein Fenster und vierzehn Steckdosen im Schlafzimmer hat. Man ist unglücklich, weil man in der Bahn stehen muss, bloß weil niemand sieht, dass man wirklich alt genug ist, um mal einen Sitzplatz angeboten zu kriegen. Man ist unglücklich, weil man im Fitnessstudio auf der Schulterpresse feststellen muss, dass da gar keine Gewichte mehr sind, die man rausnehmen könnte, und es immer noch zu schwer ist. Das Leben ist manchmal zu schwer.

Und ich bin hauptsächlich unglücklich, weil ich dir heute vierzehnmal zugezwinkert habe, ohne dass du auch nur einmal hochgeguckt hast.

Das unglückliche Verliebtsein hat nur einen Vorteil: Ich habe keine Langeweile mehr, denn unglücklich Verliebtsein ist ein sehr zeitintensives Hobby. Ich verbringe Stunden damit, mir vorzustellen, wie unser gemeinsames Leben so aussehen könnte.

Ich sitze auf dem Sofa und stelle mir vor, wie wir das zusammen tun.

Ich stehe an der Kasse und stelle mir vor, wie wir das zusammen tun.

Ich gehe spazieren und stelle mir vor, wie wir das zusammen tun.

Ich esse Torte und stelle mir vor, wie ich das ganz alleine tue, bis ich die ganze Torte aufgegessen habe. Und dann erzähl ich dir davon und du freust dich für mich. Das ist Liebe.

Unglücklich verliebt sein ist anders. Das ist, wie wenn man etwas umarmen will, das sehr, sehr stachelig ist. Wie ein unerwidertes High Five. Unglücklich verliebt zu sein, ist, wie wenn man zu einer Geburtstagsparty nicht eingeladen ist, von jemandem, den man wirklich sehr mag, und man hat schon ein großes Geschenk gekauft, selbstgebastelt aus Filz und einem toten Biber, und man hat einen Kuchen gebacken. Oder vier. Und dann wird einem freundlich angeboten, dass man an der Feier zwar nicht teilnehmen könne, aber dass man aus dem Haus von der anderen Straßenseite, direkt gegenüber, wo diese eine Dame wohnt, die sich am offenen Fenster immer die Fußnägel schneidet, dass man von dort gerne mal hinüberschauen dürfe. Das wäre okay. Und hey, wenn man seinen Kopf nur weit genug aus dem Fenster streckt, streift einen vielleicht ein bisschen Konfetti, sodass man eine Ahnung davon bekommt, wie sich Glücklichsein so anfühlt.

Aber was soll man auch tun? Man kann den anderen nicht zwingen. Ich kann dich nicht zwingen, mich zurückzulieben. Wenn das deine Meinung ist, dass du mich nicht liebst, dann lässt sich daran nichts ändern. Das ist auch nichts, was man durch Argumente lösen kann. Das ist nicht diskussionswürdig. Wenn jemand sagt: »Ich liebe dich nicht«, kann man nicht hingehen und sagen: »Ja, okay, das ist EINE Perspektive. Aber vielleicht hast du einfach nur noch nicht gesehen, wie toll ich inlineskaten kann. Schau mal, das ist doch wirklich ein Grund, mich ein bisschen erotisch zu finden.« Solche Argumente zählen nicht.

»Du musst den endlich mal vergessen«, sagt Julia.

Wobei Julia da wirklich gut reden hat, denn Julia ist ein sehr vergesslicher Mensch. Julia vergisst alles. Julia hat einmal vergessen, dass sie Vegetarierin ist. Und während der letzten Statistik-Klausur hat Julia kurz mal vergessen, dass sie eigentlich klug ist. Wobei man der Fairness halber sagen muss, dass mir das auch schon passiert ist. Immer dann, wenn ich dich sehe, vergesse ich, dass ich *nicht* dumm bin, dass ich eigentlich *nicht* stottere und ganz sicher eine bessere Antwort auf »Na, was ist bei dir so los?« kenne als »gar nichts«. Denn in Wahrheit ist bei mir eine Menge los. Ich habe gestern sechs Briefe bekommen, von denen nur fünf Werbung waren. Ich habe endlich herausgefunden, wie man eine Weinflasche öffnet, ohne sich dabei lebensgefährlich zu verletzen. Und erst vorhin habe ich dieses 1.600-Teile-Digital-Puzzle beendet, auf dem drei Äpfel in einem Obstkorb liegen. Ich bin ein fucking Rockstar.

Ich kann dich nicht vergessen. Das ist nicht meine Art. Ich vergesse nichts, das mir wichtig ist. Ich habe noch nie einen Geburtstag vergessen, ja, de facto bin ich diejenige, die *Facebook* an Geburtstage erinnert. Ich kann mich an Dinge erinnern, die nicht mal passiert sind. Und ich weiß noch heute, was ich an jedem Tag im letzten Jahr gegessen habe – nämlich Pizza. (Das war einfach.)

Ich weiß auch noch, dass ich im Sommer mit Julia im Park Federball gespielt habe. Wir standen zehn Meter voneinander entfernt, die Arme in den Himmel gestreckt und haben den Ball zwischen uns hin- und herfliegen lassen. Wir haben gezählt, bis er bei 118 in die Wiese gestürzt ist und wir beide ein bisschen traurig waren.

Das ist Liebe: den Ball im Spiel halten. Jahrelang. Und natürlich wird das mit der Zeit immer anstrengender. Es funktioniert auch nur, wenn beide es wirklich wollen.

Wenn man einen gemeinsamen Rhythmus hat. Mal steht der Wind günstig, mal stürmt es und wirft einen fast um. Liebe ist Hochleistungssport und funktioniert nur im Team richtig gut, so viel weiß ich inzwischen.

Und dann sitze ich da, in meiner Sporthose, die ich nur trage, damit ich flexibel bin, falls ich einmal aufspringen muss, wenn der Paketbote klingelt. Diese Sporthose, die nicht in den Kniekehlen zwickt, wenn man mal einen Schneidersitz macht, um darauf einen Pizzakarton abzustellen. Diese Sporthose, die nie ausleiert, weil sie eigentlich dafür gemacht wurde, dass jemand sie benutzt, um beim Spagat in seine Vulva zu atmen. Diese Sporthose, die ein so abscheulich grelles Muster hat, dass man mit ihr sieben Jahre lang auf allen Vieren Autobahnen mit Straßenmalkreide bemalen könnte, ohne dass jemand einen Fleck darauf bemerken würde. Diese Sporthose, in der ich doch eigentlich nur stecke, weil es wahrlich anstrengend ist, den ganzen Tag an dich zu denken. Und weil ich verdammt nochmal außer Puste bin, mein Herz schmerzt wie nach einem 1.000-m-Sprint, und ich müde bin von diesem ständigen Gefühl.

Und vielleicht habe ich über all das, über all dich, überall nur dich gesehen, und doch etwas vergessen. Nämlich, dass man manchmal loslassen muss, um die Hände wieder freizuhaben. Damit man bereit ist, nur für den Fall, dass jemand kommt und einem den Ball zuspielt.

Mücke

Da ist eine Mücke in meinem Zimmer. Es gibt wohl wenig Schlimmeres als das Surren einer Mücke, nachts um halb eins, direkt am linken Ohr. Zwei Stunden, nachdem man die Zähne geputzt und die Knirschschiene eingelegt hat. Eine Stunde, nachdem das Hörspiel geendet ist. 17 Minuten, nachdem man entschieden hat, heute Nacht fantastisch gut zu schlafen, weil man morgen fit und ausgeruht sein muss.

Und dann ist da diese Mücke. Sie ist einfach da, ein ungebetener Gast, lärmend und tendenziell unhöflich. Unter diesen Umständen kann ich nicht schlafen. Jetzt, wo ich weiß, dass die Mücke bei mir wohnt und plant, mich heute Nacht zu töten, liege ich wach. Ich hasse Mücken. Ich kann mich nicht erinnern, jemals ein freundschaftliches Verhältnis zu einer Mücke gepflegt zu haben, auch keine Brieffreundschaft. Ich hatte nicht mal freundlichen Blickkontakt mit einer. Immer wenn ich eine Mücke sehe, versuche ich, sehr unappetitlich zu gucken, damit die nicht auf die Idee kommt, dass ich lecker bin.

Jeder hasst Mücken. Mücken sind die größten Arschlöcher unter den Tieren. Haie, Krokodile und Vogelspinnen guckt man wenigstens an und denkt: »Poh, was für ein beeindruckendes Tier!« Mücken sind einfach nur peinlich. Ich kenne niemanden, der sagt: »Mücken, also, wow, das sind meine absoluten Lieblingstiere! Erst gestern habe ich mir dieses Tattoo von einer Mücke hier auf das linke Schulterblatt stechen lassen. Toll, oder?«

Was macht die Mücke also hier? Wer hat die eingeladen? Die Mücke wirkt selbst ein bisschen verwirrt. Sie fliegt in merkwürdigen Schlangenlinien durch das Zimmer, so wie ein praller Luftballon, den man plötzlich loslässt und der dann unkontrolliert in alle Richtungen saust. Ich muss wirklich annehmen, dass die Mücke ein Idiot ist. Ich bin mir sicher, dass alle Mücken Idioten sind, sonst würde mal jemand von denen auf die Idee kommen, an ihrem Image zu arbeiten.

Jeder Mensch auf dieser Welt hat mindestens zwei komplette Jahre seines Lebens über der Frage wachgelegen, wie er diese Teufelstiere am besten töten kann. Gerade stehe ich auf meinem Bett und versuche, die Mücke zwischen meinen Handflächen zu zerquetschen. Das Geräusch, das ich dabei mache, klingt wie sehr unenthusiastischer Applaus. Diese Art Applaus, der man manchmal auf Straßenfesten begegnet, wenn ein Clown ein mittelschönes Luftballontier geknotet hat. Die Mücke muss also annehmen, dass sie mich mit ihren Flugkünsten zumindest mittelbegeistert. Das ist vermutlich das traurigste Missverständnis der Menschheitsgeschichte: nach Insekten klatschen, in der Hoffnung, sie so zu töten, und gleichzeitig Beifall spenden für dieses ewige Surren und Summen. Denn man erwischt sie ohnehin nie und stattdessen schenkt man den Viechern Auftrieb, denn mit jedem Aufeinanderprallen der Hände wird das Tier vom Luftzug an die Decke gewirbelt, wo es sich mächtig und stolz fühlen kann.

Dass Mücken auch einfach so hereinkommen. Es gibt ja normalerweise kluge Regeln für das soziale Miteinander. Zum Beispiel, dass man klingelt, anstatt einfach so in die Wohnung zu poltern und dann dort laut kreischend im Kreis zu rennen. Es passiert einem auch irgendwie nie, dass mal ein freundliches Erdmännchen durchs geöffnete Fenster geklettert kommt. Oder sonst jemand, über den man sich wirklich freuen würde.

»Du, pass auf, ich habe hier Licht gesehen«, würde der dann sagen. »Und da wollte ich mal fragen, ob es okay wäre, wenn ich hier einen kleinen Schokoladenbrunnen aufstelle und dir dafür 500 Euro zahle.«

Das wäre mal eine positive Überraschung. Mücken sind keine positive Überraschung. Aber das stört die Mücke nicht. Woher auch immer Mücken ihr Selbstbewusstsein nehmen: Es klappt erstaunlich gut.

Im Grunde sind Mücken Einbrecher. Ich überlege, ob es gerechtfertigt ist, jetzt mal die Polizei zu rufen. Der Polizist, mit dem ich wenig später spreche, sagt »Nein«.

Die Mücke, die jetzt also neuerdings in meinem Zimmer wohnt, macht allerlei Getöse. In der Stille meiner Schlaflosigkeit klingt ihr Surren wie der Lärm eines startenden Düsenjets. Hier und da unternimmt der Mücken-Düsenjet einen Sturzflug in Richtung Ohr, gleitet entlang an meinem Gesicht und sucht nach einer passenden Landebahn. Ich bin keine Landebahn, ich bin der Autanator, ich bin die menschgewordene Fliegenklatsche. Solange diese Mücke hier wohnt und meine Luft atmet, wird heute Nacht nicht geschlafen.

Denn ich weiß, wie sowas läuft: Sobald der Kopf das Kissen berührt und das Traumkino startet, ist die Mücke da, veranstaltet auf meinem Körper eine kleine Cocktailparty. Steckt ihren frechen Strohhalm mitten hinein in meine Epidermis, labt sich an diesem köstlichen B-Positiv, das durch meine Adern gluckert. Wandert dann hinab zu den Kniekehlen, wo sie noch ein zwei Testbohrungen unternimmt, bis sie rund und kugelig ist und erstmal eine Weile herumdöst. Einfach ein bisschen dösen und dann weitertrinken. Und zum Schluss den Laden hinterlassen wie nach einer WG-Party, zu der man nie eingeladen war. Wo man für ein paar Stunden mächtig Spaß hatte und dann einfach nur sehr erleichtert ist, dass man an diesem Ort nicht wohnt, weil doch ziemlich viel kaputtgegangen ist und das Wenige, das noch heile ist, jetzt ziemlich ekelig aussieht. So lässt die Mücke einen zurück: wie eine Küche, in der 48 Menschen Bierpong gespielt haben.

Und am nächsten Morgen wird man von diesem Jucken geweckt, dem man ruhig erstmal einen Namen geben kann, denn dieses Jucken bleibt. Dieses Jucken ist die nächsten neun Tage mein treuer Begleiter. Dieses Jucken ist die längste Beziehung, die ich in diesem Jahr haben werde. So ist das mit den Mücken.

Aber nicht mit mir! Ich stehe auf meinem Bett und lasse zwölf Meter Tesa-Film als Lasso über meinem Kopf kreisen. Dabei brülle ich abwechselnd »Tschakka« und »Harrharr«, um der Mücke klarzumachen, wer hier vor wem Angst haben sollte. Nach zwei Minuten bin ich heiser und erstaunlich doll aus der Puste. Ich suche nach der Telefonnummer des Hausmeisters.

»Hallo, hier ist Frau Da Vina, ja, ich weiß, es ist spät, aber es ist wichtig. Ob mit dem Haus etwas nicht in Ordnung ist? Ja, das kann man so sagen. Hier ist tatsächlich einiges nicht in Ordnung. Nee, nicht direkt kaputt. Aber ich bräuchte mal Ihre Hilfe. Nein, das kann nicht bis morgen warten. Kennen Sie Mücken? Genau, von so einer wurde ich hier gerade angerempelt. Ja, einer Mücke. M-ü-c-k-e. Hallo? Hallo?«

Der Hausmeister hat einfach aufgelegt. In das Freizeichen meines Telefons mischt sich das leise Surren meines neuen Mitbewohners.

Alles muss man selber machen. Es heißt jetzt also Frau gegen Mücke. Das Duell der Titanen. Dieses Zimmer ist nicht groß genug für uns beide (was genau genommen eine ziemlich dreiste Lüge ist, weil in dieses Zimmer vermutlich siebzehn Sandras oder 18.000 durchschnittlich große Mücken passen würden). Aber ich bin bereit, zu kämpfen. Ich habe mich aus Gründen der Sicherheit von meinem Pyjama befreit und stattdessen eine XXL-80-DEN-Strumpfhose bis unters Kinn hochgezogen. Darüber trage ich einen Rollkragenpullover, im Gesicht eine Skibrille, auf dem Kopf einen Sonnenhut, meine Finger stecken in Putzhandschuhen. An mir wird heute nicht mehr getrunken. Meine Kneipe hat geschlossen. Die Mini-Bar hat zu. In dieser Küche wird heute Nacht kein Bierpong gespielt.

Ich stehe auf meinem Schreibtischstuhl, um den Raum besser überblicken zu können. Alle in der Wohnung zur Verfügung stehenden Lichtquellen, samt brennendem Adventskranz von der letzten Vorweihnachtszeit sowie vier Schreibtischlampen und dreizehn Knicklichtern, erleuchten das Zimmer. Ich habe extra mein Auto umgeparkt, um mit den Scheinwerfern in mein Schlafzimmer leuchten zu können. In diesen vier Wänden gibt es gerade mehr Tageslicht als an jedem Juli-Mittag. Selbst die Sonne wäre geblendet. 30.000 Lux durchfluten mein Schlafzimmer, dazwischen ich, wie ich abwechselnd mit Knoblauchzehen und Reiszwecken werfe. Ich habe eben mit einem Hammer auf meinen Kleiderschrank eingeschlagen, weil ich einen Schatten darauf entdeckt habe. Bei dem Versuch, ein kontrolliertes Feuer zu legen, habe ich meine Gardinen und meinen Plüschhund Muckelbert verloren. Ich habe mir mehrere Verletzungen an den Händen zugezogen, als ich nach umherfliegenden Staubflusen geklatscht habe. Meine Stimme ist etwas brüchig vom vielen Brüllen. In meiner *IKEA*-Bettfront steckt ein Küchenmesser, der Inhalt meiner Wasserpistole hat den Teppich geschwängert und ich habe keine verdammte Ahnung, wo diese Mücke überhaupt ist. Irgendwann schlafe ich erschöpft ein.

Am nächsten Morgen werde ich von einem entsetzlichen Jucken geweckt. Mein Zimmer sieht aus wie ein Schlachtfeld, mein Körper ist übersät von Mückenstichen, meine Mission ist gescheitert. Aber ich glaube, heute hatte wenigstens einer eine gute Nacht. Und die Frage bleibt, wer von uns der größere Idiot ist.

Du hast das was (I)

- Du hast da was zwischen den Zähnen.
- Ach, echt? Wo denn?
- Da vorne.
- Hier?
- Nee, ein bisschen weiter links.
- Hier?
- Ja, nicht ganz. Zwischen dem Schneidezahn und dem
 daneben.
- Hier?
- Ja, noch ein kleines Stück höher.
- Hier?
- Ja, genau da!
- Weg?
- Nee, ist noch da.
- Jetzt weg?
- Nee, immer noch da.
- Jetzt?
- Nein.
- Jetzt?
- Nein.

Entenversicherung

»Die Rente ist nicht sicher«, hat Wiebke am Telefon gesagt. »Ich hab' da was zu im Fernsehen gesehen und bin jetzt relativ panisch.«

Wiebke hat dabei tatsächlich ziemlich panisch geklungen, deswegen war es nicht unbedingt nötig gewesen, dass sie darauf noch einmal extra hingewiesen hat.

»WIR MÜSSEN ETWAS UNTERNEHMEN!«, hat sie gebrüllt.

Und wenn Leute so etwas brüllen, meinen sie nicht, dass man mal dringend etwas unternehmen müsse, einen kleinen Ausflug zum Beispiel – für zwei, drei Tage an die Nordsee oder ein bisschen Wandern im Harz. Nein, Leute, die so etwas brüllen, verlangen nach Katastrophenplänen, nach Lösungen.

»Gut, ich denke auch mal darüber nach«, habe ich also gesagt und schon im selben Moment nicht mehr darüber nachgedacht. Man kann dem Gehirn einfach schlecht vorschreiben, was es zu tun hat.

Daraufhin ist es um Wiebke eine Weile still geworden. Zunächst war ich darüber kaum beunruhigt, denn Wiebke zieht sich öfter mal für ein paar Tage zurück, beantwortet keine *WhatsApp*-Nachrichten und reagiert nicht auf Anrufe. Meistens ist sie dann nach einer Woche wiederaufgetaucht und hat in der Zwischenzeit etwas Neues gelernt oder etwas erschaffen, das vorher noch nicht da war. Im letzten Sommer hat Wiebke sich eineinhalb Wochen nicht zurückgemeldet und war plötzlich abends in den 19-Uhr-Nachrichten erschienen, wo sie Pullover für Straßenlaternen strickte. Jetzt gerade taucht Wiebke aber weder im Fernsehen noch im echten Leben auf. Ich mache mir also langsam Sorgen.

Ich entscheide, dass es besser ist, mal nach dem Rechten zu sehen, und fahre am Nachmittag bei Wiebke vorbei. Zu meiner Erleichterung lebt Wiebke noch und öffnet sogar ihre Wohnungstür.

»Willkommen auf meinem Selbstversorgerhof!«, ruft sie.

Und mir wird schlagartig klar, warum Wiebke es in den letzten Tagen vorgezogen hat, ihre eigene Existenz zu leugnen.

Wiebke hat in ihrer 2,5-Zimmer-Wohnung einen biologischen Abenteuerpark eröffnet, der sich Unwissenden am ehesten mit den Worten »Oh mein Gott, Wiebke! Was ist hier denn los? Bist du verrückt geworden? WAS SOLL DENN DAS?« beschreiben lässt. Vor meinen Augen erstreckt sich ein Plattenbau-Süderhof, wie man ihn noch nicht gesehen hat. Jede Form der obsessiven Tierhaltung, die ich bisher aus Fotoreportagen der *Bild*-Zeitung oder Folgen von *Frauentausch* kannte, findet auf Wiebkes 66 Quadratmetern eine dramatische Zuspitzung. Wiebke beherbergt aber nicht etwa 700 Kanarienvögel, sondern hat sich irgendwann in den letzten vierzehn Tagen auf Nutztierhaltung spezialisiert.

»Wenn der Staat uns nicht hilft, müssen wir uns eben selber helfen«, erklärt sie und schiebt mich vor sich durch den Wohnungsflur.

»Ich muss mir nie wieder Gedanken machen«, sagt Wiebke stolz.

Und ich habe den Verdacht, dass sie auch vorher kaum mal gegrübelt hat, denn der Anblick, der sich mir bietet, wirkt reichlich unüberlegt. In Wiebkes Wohnzimmer stapeln sich Heuballen, die Couch-Garnitur ist einem Kamel gewichen und in den geöffneten Schubladen von Wiebkes weißer *IKEA*-Kommode sitzen ein paar verwirrte Kaninchen.

»Das mit dem Kamel war ein Versehen«, entschuldigt Wiebke sich. »Da dachte ich erst, es wäre ein Pferd.«

»Ja«, sage ich.

Kamel, Pferd, alles das Gleiche.

»Was passiert denn, wenn das System zusammenbricht?«, fragt Wiebke mich.

Und ich habe das Gefühl, das System ist bereits zusammengebrochen.

»Da muss man doch vorbereitet sein!«

Mit einer majestätischen Geste weist Wiebke in ihr Schlafzimmer, wo uns ein Ziegenpärchen und drei Schafe in Empfang nehmen.

»Entschuldige das Chaos«, sagt Wiebke. »Wenn ich gewusst hätte, dass ich heute Besuch bekomme, hätte ich aufgeräumt.«

»Ach, das bisschen Ziegen, das stört doch nicht«, sage ich und keinem fällt auf, wie absurd das klingt.

Wiebkes 1,40-Meter-Bett hat jemand mit großer Anstrengung senkrecht an die Wand gewuchtet, sodass die

21 Quadratmeter Klick-Laminat von der anwesenden Huf-
tierherde frei bespielt werden können.

»Ich denke, so geht's«, sagt Wiebke.

Ein Schaf köttelt leise.

Ich will mich nicht in Wiebkes Leben einmischen, aber
ich denke, so geht's nicht. Irgendwo zwischen Riester-Ren-
te und betrieblicher Altersvorsorge muss Wiebke falsch
abgebogen sein. Als ich mich kurz in Richtung Badezimmer verabschieden will, stellt sie sich mir mit ausgestreck-
ten Armen in den Weg.

»Halt! Die Bienen!«

Ich frage nicht weiter nach.

Stattdessen folge ich Wiebke in die Küche und taumele
direkt in einen Berg aus Schafswolle. Daneben schwimmen
weiße Käseblöcke in einem Trog mit Salzlake. Offenbar
hat Wiebke eine eigene kleine Hof-Manufaktur errichtet,
die sich auf die Herstellung von Fetakäse und Wollsocken
spezialisiert hat. Zwischen Milchkannen und Stricknadeln
führt ein kleiner Trampelpfad in Richtung Balkon.

»Wiebke«, sage ich nach einigem Zögern. »Ich traue
mich ja gar nicht zu fragen, aber sag mal, was willst du
denn mit den ganzen Enten?«

Wiebke schaut mich an, als wäre ich diejenige, die auf
ihrem Balkon siebzehn Stockenten hält.

»Enten steigen im Wert«, sagt Wiebke und schaut dabei wie ein echter Enten-Professor.

»Wie das?«, frage ich.

»Das ist eine Kapitalanlage. Ich züchte die.«

Und so wie die Enten mich angucken, wirkt das nicht
so, als hätte Wiebke das vorher mit denen abgespro-
chen.

»Die wissen Bescheid«, sagt Wiebke, als könne sie Gedanken lesen. »Die fliegen nicht weg.«

»Warum das alles? Wegen der Rente jetzt, oder was?«, frage ich.

Und Wiebke wird allmählich ein bisschen ungehalten über mein bescheuertes Günther-Jauch-Gefrage.

»Sag mal, was gibt es denn hier nicht zu verstehen?«, poltert sie. »Wir sind alle verloren. In zwanzig, dreißig Jahren ist das Sozialsystem am Boden. Ausgeblutet, leer! Kein Geld mehr in der Rentenkasse! WIR SIND AM ENDE!«

Wiebke packt mich bei den Schultern.

»Apropos, kann ich mir vielleicht ein bisschen Geld bei dir leihen? Das war hier in der Anschaffung doch etwas teuer. Versteh es einfach als Investment.«

Im Augenwinkel beobachte ich eine Ente, die sich verdächtig stark für eine Steckdose interessiert.

»Du, Wiebke«, sage ich. »Ich glaube, die Ente ist nicht sicher.«

»Ja, die Rente ist nicht sicher«, sagt Wiebke. »Sag ich doch.«

Und es braucht keine zwei Minuten, um festzustellen, dass zumindest ich mit meiner Einschätzung verdammt richtig liege.

Mein Handy hasst mich

Ja, da liegt sie die feine Dame, schön zusammengeurmelt wie ein zerknülltes Blatt Papier. Zu nichts zu gebrauchen. Die sieht beim Schlafen peinlich aus, es ist mal gut, dass da keiner guckt. Das ist mal wirklich gut, dass das keiner sieht! Chrrchrr. Ich kann mir ein gehässiges Kichern nicht verkneifen, jetzt, wo die da so rumschnarcht und ein bisschen Spucke aus ihrem Mundwinkel läuft. JA, DAS TUST DU NICHT AUF INSTAGRAM, NE. IS KLAR. DAS NICHT! ABER DIE GANZE URLAUBSSCHEISSE AM HOCHLADEN GEWESEN. DAS HAT MICH ARBEIT GEKOSTET! ICH HAB GERÖDELT WIE BLÖDE HAB ICH, DU! Aber mich fragt ja keiner. Kein Wunder, dass die so müde ist. 5:27 Uhr ist es und die Fingerabdrücke auf mir sind noch immer nicht getrocknet. Schön mal ein paar Bonbons nach Farben sortiert in deiner komischen App, und PIFFPAFF drei Reihen zerschossen, das gibt richtig fett BONI und eine halbe Stunde UNBEGRENZT LEBEN. WAS FÜR EIN SCHEIß LEBEN! DA KANNSTE DEIN »UNBEGRENZT« BEHALTEN! WEISS EIGENTLICH IRGENDWER, WIE VIEL AKKU DAS ZIEHT? Ist auch egal, ne, Hauptsache Spaß gehabt. Nachts um halb drei. Noch was wegarbeiten, noch ein paar Bonbons platzen lassen. MIR PLATZT GLEICH DER KRAGEN! Ich bin wütend. *RICHTIG WÜTEND!* Das kennt die ja gar nicht. Die kennt nur schmollen, weil niemand auf ihr witziges GIF reagiert, oder fröhlich sein, wenn in der Geschenke-WhatsApp-Gruppe mal jemand nen originellen Vorschlag macht. »Ein Salat-Besteck in Gitarrenform!« *DAS IST NICHT ORIGINELL. DAS IST DÄMLICH!* Oder die paar Likes bei Facebook und dann darunter wieder: »Du bist die Beste, Hase! Herzchenherzchen BLABLABLA.« *NEIN, DIE IST NICHT DIE BESTE! DIE HAT GESTERN BEIM KACKEN GETINDERT! DAS VERDIENT KEINEN LIKE!* Kann die mich nicht einfach mal verlieren oder aus Versehen ins Klo werfen? Gibt es denn niemand, der mich mal klauen möchte? Sowas passiert doch andauernd. Warum ihr nicht? *DIE IST DOCH SONST SO TÜDELIG! WAS MACHT DIE EIGENTLICH GROSS?* Gestern 114 Schritte! *DAS IST GAR NICHTS!* Man hat schon Steine gesehen, die sich mehr bewegt haben! Dafür *RUMSITZEN! DEN GANZEN TAG RUMSITZEN! 114 SCHRITTE!?* Ist das vielleicht mal ein Grund, aus der Gruppe der aufrechtgehenden Säugetiere ausgegliedert zu werden? Wenn ich das jetzt melde da bei irgendeinem biologischen Fachinstitut, gibt's dann später einen Anruf? »Ja, hallo! Hier ist der BiologInnen-Rat! Kurze Info für Sie, wir müssen Sie hier neu einsortieren. Weiß auch nicht, suchen Sie sich was aus: Wir empfehlen Weich- oder Kriechtiere. Danke sehr.« Das würde die mal aufrütteln, da würde die mal nachdenken über sich. Wobei, denken sehen habe ich die selten. *DIE GOOGELT JA ALLES!* »Haariges Obst«. *DAS IST EINE KIWI ODER EINFACH SCHIMMEL! SO SCHWER IST DAS NICHT!* Wisst ihr, wer es wirklich schwer hat? *ICH HABE ES SCHWER!* Ich habe in den letzten drei Tagen 27 Stunden und 12 Minuten das neue Taylor-Swift-Album gehört und niemand entschuldigt sich mal bei mir! Ich habe jetzt auf dieser bescheuerten Netflix-App 8

Staffeln Friends mitgeguckt und plötzlich geht es nicht wei-
ter. WIE KANN DENN SOWAS? ICH WILL WISSEN, WAS MIT
ROSS UND RACHEL IST! *Wieso kann nicht einfach ...*

DING DING – WO KOMMT DENN DAS JETZT HER? DING
DING – NEIN, BITTE!

DING DING – NEIN, DER WECKER! BLEIB LIEGEN! BLEIB
EINFACH LIEGEN!

DING DING – DING DING – NEIN, WACH NICHT AUF!

»Wo ist denn mein Handy? Ah, da ist es ja.«

HILFE!

Vielleicht

Du riechst nach Lasagne. Und ein bisschen nach kaltem Rauch. Vielleicht rauchst du gar nicht selbst, aber zumindest dein T-Shirt hat zuletzt Zigaretten geschmeckt. Du siehst aus wie jemand, der Jonas heißt. Oder Thore. Den Namen hat dein Vater für dich ausgesucht, weil er gerne Fußball guckt. Deine Mutter hat den Namen immer gehasst. Inzwischen hasst deine Mutter auch deinen Vater, aber davon erzählst du mir erst später. Dann nämlich, wenn du glaubst, dass wir uns gut genug kennen, um solche Dinge erzählen zu können. Du riechst und heißt wie jemand, der im Kreuzviertel wohnt und seinen Vornamen auf dem Klingelschild abkürzt. Selbstgeschrieben und etwas schief ausgeschnitten, unter einem staubigen Streifen Tesafilm. Du schläfst in Bettwäsche von *IKEA* und würdest gerne mehr T-Shirts besitzen, die nicht von *H&M* oder *Zara* sind. Nachts denkst du manchmal, du wärst einsam, aber die Zahl deiner *Twitter*-Follower tröstet dich. Im Internet erzählst du gerne von deiner Katze oder davon, wie du einmal fast gestorben wärst, auf dem Banana-Boot in Kroatien. Du hast dir noch nie etwas gebrochen, aber einmal hast du dir zwei Finger verstaucht, weil du für Maik als Torwart eingesprungen bist. Deine Freunde sagen über dich, du wärst ein stiller Typ, jemand, auf den man sich verlassen kann. Du wurdest genau dreimal verlassen und immer hat es sich so angefühlt, als würdest du nie mehr glücklich werden. Du seist sehr glücklich, jetzt, da du mich getroffen hast, erklärst du bei unserem ersten Date, irgendwo in einer Kneipe, die dir gefällt, weil sie dort Kerzen in alte Whiskey-Flaschen stecken. Du bist mehr der DIY-Typ, do-it-yourself, das gilt für alles im Leben, nicht nur für Kerzenständer und Klingelschilder. Manchmal machst du die Tür nicht auf, wenn es läutet und du niemanden erwartest. Es hätte etwas mit der Tatsache zu tun, dass du zu Hause oft nur in Boxershorts herumläufst. Das klingt komisch, aber es ist die Wahrheit. Seit zwei Jahren wohnst du jetzt alleine, wegen der unterschiedlichen Bedürfnisse, und damit meinst du, dass deine Mitbewohner zu viel gefeiert haben und du zu wenig schlafen konntest. Schlafen ist wichtig, das hast du gelesen, und außerdem schläfst du nun mal gerne, das sei ja kein Verbrechen, das sei Notwendigkeit. In einer Beziehung bräuchte jeder sein eigenes Schlafzimmer, sagst du. Oder? Du guckst Serien nur im Originalton, obwohl du manchmal den Plot nicht verstehst. Du verstehst nicht, warum Menschen noch normales Fernsehen gucken, mit diesen ständigen Werbeunterbrechungen und den peinlichen Reality-Formaten. Das macht dich wütend, aber auf eine Art, die dich nicht brüllen lässt. Das ist nicht so dein Ding, dieses Brüllen. Deine Stimme eignet sich eher für Gespräche über Urban Gardening oder Work-and-Travel-Reiseblogs. Du würdest mich bei unserem zweiten Date fragen, ob ich mir vorstellen könne, einmal im Ausland zu leben. Island vielleicht oder

Australien. Da bist du nicht so festgelegt, denn du bist niemand, der sich gerne festlegt. Du stellst nur gerne fest, das ist ein Unterschied. Du hättest letztens festgestellt, dass du mit Gott nicht viel anfangen kannst. Davon erzählst du mir bei unserem dritten Date. Und vermutlich hättest du das Thema gar nicht erst aufgemacht, wenn da nicht die Flasche Rotwein gewesen wäre, die sich so dringend an uns verschwenden wollte. So kommen dann die großen Fragen auf den Tisch, und ich fühle mich plötzlich etwas unbehaglich in der Gegenwart dieser existenziellen Probleme: Glaubst du, es gibt ein Leben nach dem Tod? Kann es auf der Welt jemals Frieden geben? Denkst du, der Mensch ist wirklich frei? Du bist so frei, mir nochmal nachzuschenken, dabei schüttest du ein wenig daneben von dem guten Lidl-Wein, den ich vorhin gekauft habe, weil ich ahnte, dass es Wein brauchen würde. Zwei Stunden später würden wir uns das erste Mal küssen, vielleicht ein bisschen mehr als das, das weiß ich jetzt noch nicht, das kann ich so nicht sagen. Es gäbe die Idee, sich diese Nacht nicht mehr zu trennen, am nächsten Morgen dann der Vorschlag, zusammenzubleiben, weil das an diesem Punkt die beste Entscheidung ist. Dann eine ganze Weile Glücklichsein und viel Körperkontakt, als wolle man sich immerzu gegenseitig kneifen, in der ständigen Angst, dass das hier gar nicht wirklich ist. Du nennst uns das erste Mal »wir« vor deinen Freunden und meinst damit, dass »wir heute keine Zeit haben«, wofür ich dich ein wenig hasse, aber die Liebe spricht nun mal gerne in der 1. Person Plural. Sechs Wochen später schüttelst du die Hände meiner Eltern, hast dabei kleine Flecken am Hals vor Aufregung, aber hältst ihren Blicken erstaunlich gut stand.

Dann die Goldene Hochzeit im Haus deiner Großeltern, auf dem Rückweg knicke ich böse um, weil ich es nicht gewohnt bin, in hohen Schuhen zu laufen. Ich humpele, du stützt mich, bis wir zu Hause sind. Dein Einzug bei mir, noch im selben Herbst, als Maik und die anderen den Autoschlüssel im Laub verlieren und wir an deinem Fenster stehen, bis es regnet und keiner mehr Lust hat, Möbel zu schleppen. Ein erster Streit, später, als der Inbusschlüssel nicht passt, und gemeinsames Verzweifeln zwischen unausgepackten Kisten und diesem Haufen Bretter, der mal ein Schrank werden sollte. Schließlich Versöhnungssex auf leeren Pizzakartons und ausgefalteten *IKEA*-Bauanleitungen, dazu Musik von Drake. Das sei unser Lied, würdest du später sagen und ich würde dir verschweigen, dass ich Hip-Hop noch nie leiden konnte und dass ich mir wünschte, wir hätten mal zu Ed Sheeran gekuschelt. Ich liebe dich, trotzdem, dreimal aus meinem Mund, bevor du etwas erwidern kannst. Erstes gemeinsames Weihnachten, gemeinsame Geburtstage, gemeinsame Magen-Darm-Grippe. Der erste Jahrestag. Das erste Mal richtiger Alltag, das erste Mal leere Milchkartons im Kühlschrank, dreckiges Geschirr im Wohnzimmer, eine kaputte Salatschüssel, die Gute von meiner Oma, drei Mülltüten, die vergeblich darauf warten, dass sie jemand runterbringt. Dann deine Katze, die nie aufgehört hat, mich zu hassen, und von der ich glaube, dass sie gerne groß genug wäre, um mich töten zu können. Mir fällt auf, dass du nicht sehr ordentlich bist. Dir fällt auf, dass ich eigentlich ziemlich langweilig bin. Dass ich gerne abends »GZSZ« gucke. Dass ich manchmal über diese eine Werbung mit dem kleinen Pferd und dem Papagei lachen muss. Dass ich bereits Urlaube in Spanien ziemlich exotisch finde. Dass ich nicht gut bin im Dinge-Selbermachen, es sei denn, es hat etwas mit der Mikrowelle zu tun. Dass ich samstags lieber Bücher lese als die Getränkekarten von Cocktailbars. Dass ich es schön finde, neben dir einzuschlafen, während du nachts manchmal lange wachliegst und dich nach Freiraum sehnst. Wieder Streit über Kleinigkeiten, du brüllst nicht, weil deine Stimme dafür nicht gemacht wurde. Aber du sagst, dass du hier rausmüsstest. Und meinst damit nicht die Wohnung, sondern unsere Beziehung. Versöhnung. Streit. Versöhnung. Streit. Dann ein ernstes Gespräch auf dem Heimweg vom Kino, das so lange dauert, dass wir erst zu Hause wieder Luft bekommen. Deine Feststellung, dass du so nicht glücklich seist. Meine Feststellung, dass ich dir nie reichen werde. Das erste Mal voreinander weinen, weil man sich hilflos fühlt. Wir hätten uns nicht begegnen sollen, würdest du sagen, und ich wünschte, ich wäre damals in der Kneipe einfach gegangen, als die Bedienung sagte, dass sie jetzt die letzte Runde bringt, und ich darüber nachgedacht habe, dich zu fragen, ob du auch so gerne Lasagne isst.

Aber was weiß ich schon?

Ich kenne dich ja gar nicht.

Ich stehe nur da, in dieser Kneipe, und spreche dich nicht an.

Vom Kuchen und Finden

Ich backe. Das ist keines meiner Hobbys, das ist etwas, das ich gerade tue, weil ich es tun muss. Weil ich mich ein wenig verloren fühle und das dringende Gefühl habe, dass es selbstgebackenen Kuchen braucht, denn das tut es manchmal. Ich wäre vermutlich nicht auf die Idee gekommen, mir einen Kuchen zu backen, wenn ich geahnt hätte, wie komplex sowas ist.

Im Backen bin ich nicht so erfahren. Ich denke, auf der Welt gibt es zwei Arten von Menschen: Menschen, die Kuchen backen. Und Menschen, die Kuchen essen. Menschen, die Kuchen backen, sind im Grunde wie Menschen, die Kuchen essen, nur dass sie vorher Arbeit hatten. Ich bin mehr so der Mensch, der Kuchen isst. Da mache ich mir nichts vor.

»Nusskuchen«, hat mein Vater am Telefon vorgeschlagen. »Das geht leicht.«

Mein Vater ist jemand, dem viele Dinge leichtfallen. Mein Vater trägt drei Wasserkisten auf einmal, an guten Tagen vier. Mein Vater hat schon im Vorbeigehen ganze Kreuzworträtsel gelöst. Und mein Vater backt Kuchen und Torten, die manchen Konditor vor Neid erblassen lassen.

»Ein Nusskuchen hilft immer«, erklärt er mir gerade. »Nusskuchen ist Medizin.«

Und im Hintergrund höre ich Bohrgeräusche.

»Was machst du da?«, frage ich ihn.

»Ich baue ein Raumschiff«, antwortet er.

Natürlich tut er das.

Ein Nusskuchen also. Ein Seeelentröster. Ein Kuchen gegen all den Weltschmerz. Etwas Solides, von dem man später sagen würde: Das ist mal ein Kuchen, wie man sich das vorstellt – viele Krümel zu einem rechteckigen Klotz geformt, brösel beim Anschneiden und ist schön saftig auf der Zunge.

Im Rezept steht erstmal nichts von Saft. Im Rezept steht was von Eiern, Mehl, gemahlenen Haselnüssen, Milch, Zucker und Butter. Im unteren Küchenschrank finde ich tatsächlich noch Mehl und ein staubiges Päckchen Haselnüsse, im Kühlschrank stehen noch eine angebrochene Packung fettarmer Milch und Margarine. Ich habe gerade keine Eier da. Stattdessen nehme ich etwas Hühnerbrust. In welchem Entwicklungsstadium sich das Tier genau befindet, ist dem Kuchen vermutlich ziemlich egal, denke ich. So ein Kuchen ist ja nicht besonders klug. Der merkt das gar nicht. Dazu kommen Margarine, Milch und eine ordentliche Schippe gemahlener Haselnüsse. Wobei ich die ein bisschen suspekt finde, denn die gemahlenen Nüsse sehen überhaupt nicht mehr aus, wie eine Haselnuss so aussieht. Die sehen aus, als hätte jemand in der Fabrik beim Maschinensaubermachen ein bisschen Dreck zusammengekehrt und dann in Tütchen gefüllt. Alles in allem finde ich diese gemahlenen Haselnüsse sehr unglaubwürdig. Damit ich mich später nicht um die Nüsse im Nusskuchen betrogen fühle, gebe ich noch ein paar Erdnuss-M&Ms

dazu. Jetzt fehlt nur noch der Zucker. Da mein letzter Löffel Industriezucker für den Morgenkaffee draufgegangen ist, muss ich hier kreativ werden. Ich schütte einfach einen Liter Cola über die Masse, denn im Grunde besteht die ja nur aus Zucker. Superpraktisch.

Im Ofen sieht der Kuchen bereits sehr unappetitlich aus. Das liegt am Rezept, finde ich. Das las sich direkt ziemlich uninspiriert. Alles eher so Zutaten, die einen unabhängig voneinander wenig begeistern. Selten kam jemand nach Hause und verlangte nach 250 g Butter. Nie hat man jemanden sagen hören: »Jetzt so ne schöne Schale voll Mehl und ich bin glücklich!« Kaum zu glauben, dass aus den Zutaten in Summe etwas Anständiges werden soll.

Mir ist schon klar, dass ich eine kulinarische Enttäuschung bin. Ich habe mich einfach nie interessiert für all die selbstgebackenen Plätzchen, die mühevoll zubereiteten Torten oder die sorgfältig geschichteten Obstdesserts. Ich kann kochen, zumindest etwas. Es kommt vor, dass ich Tiefkühl-Schnittlauch über das Rührei streue und ich weiß sogar grob, was man mit einer Knoblauchpresse macht, aber ich bin wahrlich kein Küchenheld. In Zeiten von Backblogs und Steffen Hensslers ist das ein Luxus, den man sich erstmal erlauben muss. Es verwundert also wenig, dass der Kuchen, den ich fünfzig Minuten später aus dem Ofen ziehe, aussieht und schmeckt wie etwas, das vor einer ganzen Weile verstorben ist.

»Das Wichtigste ist, dass du mit Liebe backst«, hat mein Vater gesagt. Und mein Vater muss es wissen, denn seine Kuchen schmecken immer nach einer großen Umarmung. Wenn es danach geht, ist mein Kuchen mit Hass gebacken. Mein Kuchen schmeckt wie ein Schlag ins Gesicht. Mein Kuchen schmeckt so, als hätte ich den Teig während der Herstellung vierzig Minuten lang sehr wütend angebrüllt. Als hätte ich ihn und seine gesamte Familie mit großer Hingabe auf siebzehn Sprachen beleidigt und dabei das Gesamtwerk von Slayer gehört. Jeder, der so einen Kuchen anschneidet, fühlt, dass er nicht geliebt wird. Schon der Geruch von meinem Backwerk bereitet mir körperliches Unbehagen.

Wenn mein Vater früher gebacken hat, hing in der gesamten Wohnung ein Duft, der von Zufriedenheit und Glück erzählte. Der jeder Nase Komplimente machte und im Mund ein vorfreudiges Britzeln erzeugte. Nichts auf der Welt ist so beruhigend, so wohlig und heimelig wie der Geruch von frischgebackenem Kuchen. Der Geruch von meinem Kuchen macht einen nur traurig.

Als ich gerade das Fenster öffne, um frische Luft hereinzulassen, klingelt es an der Tür. Ich finde dort meinen Vater, der einen Beutel Zutaten unter dem Arm trägt und mir zur Begrüßung winkt.

»Ich habe geahnt, dass du Hilfe brauchst«, sagt er, denn Eltern ahnen sowas, dafür sind sie ja Eltern.

Und ich bitte ihn rein und er tut im Gegenzug so, als würde ihm nicht auffallen, dass es in meiner Wohnung nach Tod und Verwesung riecht.

»Du kannst andere Dinge«, sagt mein Vater dann.

Und ich habe das Gefühl, dass wir beide froh sind, dass niemand nachfragt, welche Dinge er damit meinen könnte, nur aus Angst, dass er darauf keine Antwort hat.

»Danke, dass du da bist«, erwidere ich stattdessen und schaffe etwas Platz auf der Arbeitsfläche. »Ich weiß wirklich nicht weiter.«

Und damit meine ich nicht nur den Kuchen. Damit meine ich das Leben, all die Widersprüche darin und das ständige Gefühl, zu wenig Dinge wirklich mit Liebe zu tun. Denn das sollte man doch. Sein Leben mit Liebe backen.

Mein Vater nimmt mich in den Arm und lässt mich eine Weile nicht mehr los.

»Immer, wenn ich an der Welt zweifle, denke ich daran, wie viele Kuchenrezepte es da draußen gibt«, erklärt er dann. »Die wurden nur geschrieben, damit jemand Kuchen essen kann. Das ist der Beweis dafür, dass nicht alles verloren ist.«

Und dann backe ich noch einen Kuchen. Nicht mit Liebe oder Hass. Nein, ich backe ihn mit meinem Vater. Und diesmal schmeckt und riecht er tatsächlich nach etwas, was die Welt und mein Leben ein kleines Kuchenstück besser macht.

Hochzeitslook

Die Menschen um mich herum heiraten. Das ist super, ich freue mich wahnsinnig für jeden Einzelnen. Ich finde, es gibt gar nicht genug Gründe auf der Welt, das Leben und die Liebe zu feiern. Und wenn ich sage, es gibt gar nicht genug Gründe auf der Welt, das Leben und die Liebe zu feiern, meine ich: »Ich interessiere mich wirklich sehr für Hochzeitstorten.«

Ich bin also für Hochzeiten: Ich bin für gutes Essen, für DJs, die zwischen den Liedern »Huiuiuiuiuiui« brüllen, für Luftballons und Seifenblasen. Ich bin ein super Hochzeitsgast: Ich kann okay gut und lange tanzen, ich bin erstaunlich talentiert darin, intensive Gespräche mit Menschen zu führen, die ich noch nie in meinem Leben gesehen habe und die mich dann auch nie wiedersehen wollen. Und ich weiß, wie man Geldscheine der Länge nach zu einem Schmetterling faltet. Ich bin qualifiziert. Aber ich habe überhaupt keine Lust, mir Gedanken darüber zu machen, was ich zu so einem Fest wohl anziehe.

»Eine Hochzeit also«, wiederholt die hilfsbereite Frau aus der Abteilung für Abendgarderobe. Diese Abteilung, in die man nur geht, wenn man mit seiner Mutter zusammen den Look für den Abiball plant. Oder wenn man so reich ist, dass man sich dort seine Pyjamas kauft.

»Haben Sie irgendwelche Vorstellungen?«

Und die Antwort ist: »Ja, natürlich habe ich Vorstellungen – ich bin ein verdammt fantasievoller Typ. Erst heute Morgen habe ich mir vorgestellt, wie ich ein Dinosaurier bin und auf einem überraschend großen Mofa Pizza ausfahre.«

»In was für einer Art Kleid sehen Sie sich denn?«, fragt die Dame weiter.

Und ich muss unweigerlich an Lady Gaga denken, wie sie im September 2010 zu den *MTV* Video Music Awards fünfzehn Kilo rohes Fleisch am Körper trug. Und ich frage mich, ob es wohl irgendeine Möglichkeit gibt, Scheibletten-Käse so dekorativ auf meinem Body zu verteilen, dass man mit ein wenig Fantasie von einem Ballkleid sprechen könnte. Ich habe aber auch lange geglaubt, ein Cocktailkleid bestehe aus Cocktails, was weder für mein Moderverständnis noch für meine Intelligenz spricht. Die freundliche Dame aus der Abteilung für Abendgarderobe versichert mir, dass sowohl Käse als auch Mojitos keine Option sind.

Ich interessiere mich wenig für Regeln, aber ich habe mal gehört: Man darf zu so einer Hochzeit auf gar keinen Fall weiß tragen, das ist die Farbe der Braut. Also muss ich mich und möglichst viele Quadratzentimeter meines Körpers blickdicht verpacken. Ich bin so blass, man könnte mich auf Hochzeitsfotos für die Braut halten. In einiger Entfernung sehen meine freigelegten Beine aus wie ein langer Rock in zartem Champagnerton. Wenn ich kein Rouge benutze, könnte man glauben, mein Gesicht wäre ein Rechtschreibfehler, der mit Tipp-Ex korrigiert wurde. Sowas ist auf Hochzeitsfotos nicht erwünscht.

Das Internet behauptet, es gibt noch mehr Farben, die man auf Hochzeiten meiden sollte: champagner, rosé, Nude-Töne. Außerdem: Wer rot trägt, hat ein Verhältnis mit dem Bräutigam. Schwarz ist die Farbe der Trauer, knallige Farben wirken billig, Muster könnten jemanden erschrecken, freie Schultern könnten Gott erschrecken. Ich steigere mich da richtig rein. Ich habe unglaublich große Angst, mit meinem Outfit diese Ehe zu verhindern.

»Wir wollten wirklich heiraten, aber dann kam Sandra und hatte dieses knallrote, viel zu enge Tigerprint-Kleid an und dann ging das einfach nicht. Das ist jetzt zwanzig Jahre her, seitdem habe ich nie wieder geliebt.«

Oh Gott, ich bin ein schrecklicher Mensch.

Ich habe plötzlich Angst, dass alles, was ich je anhatte, irgendwelche Signale gesendet hat. Dass ich die ganze Zeit durch meine Kleidung kommuniziert habe. Wie jemand, der sehr heftig gestikuliert und dabei aus Versehen Menschen in Gebärdensprache beleidigt. Kann sein, dass ich übertreibe. Später, auf dem Weg nach Hause, brülle ich eine Frau an der Bushaltestelle an, die eine schwarzweißgestreifte Bluse trägt, und will wissen, ob sie wirklich glaubt, dass sie ein gottverdammtes Zebra sei.

Dabei ist die Wahl des Kleides nur ein Problem.

»Was für Schuhe wollen Sie denn anziehen?«, möchte die Dame wissen.

Und ich fürchte, die Antwort ist: Schuhe, die ich noch nie in meinem Leben getragen habe. So eine Art Schuhe, mit der man bei einem unbedachten Schritt auch gerne mal ein herumstreunendes Wiesel aufspießt. Eben ein mittelhoher Pump mit einem Absatz, der sich hervorragend dazu eignet, um damit Rouladen zusammenzuhalten. Und weil man damit unmöglich länger als 30 Sekunden zu »Cotton Eye Joe« auf der Tanzfläche abzappeln kann, hat man sich vorher ein Paar Flip Flops in die Handtasche gefriemelt. Und dann kriegt man auch noch Blasen zwischen den Zehen. Der ganze Fuß ist in einem so bedauerlichen Zustand, dass er nur noch von vierzig Pflastern zusammengehalten wird. So ein bisschen wie die Füße von Reinhold Messner, der am Nanga Parbat sieben Zehen verlor. Um 21:38 Uhr fragt man sich das erste Mal, ob es wohl an der Zeit ist, deswegen einen Krankenwagen zu rufen.

»Das Wichtigste ist eine gute Strumpfhose«, erklärt die Verkäuferin weiter.

Diese hautfarbene Strumpfhose, die man nur trägt, wenn es wirklich wichtig ist und weil einem sehr dringlich dazu geraten wurde. Dabei hat man vom lieben Gott extra eine Haut für die Beine bekommen. Und sogar Haare, obwohl das seit geraumer Zeit im großen Stil verleugnet wird. Stattdessen sucht man eine Strumpfhose, die genau dem eigenen Hauttyp entspricht, damit keiner auf die Idee kommt, dass man eine Strumpfhose anhaben könnte. Das ist, wie wenn ich mir eine Maske für mein Gesicht kaufen würde, die genau aussieht wie mein Gesicht, damit ich sie über mein Gesicht ziehe, in der Hoffnung, dass niemand sieht, dass ich die über mein Gesicht gezogen habe. Das ist ein blödsinniger Vergleich, aber hautfarbene Strumpfhosen sind noch blödsinniger.

Und dann braucht man noch passenden Schmuck: Kette, Ring, Armreif, Ohrringe, kleine Glitzersteinchen in den Haaren oder eine kesse Plastikblume, eine Handtasche, die plötzlich nur noch Clutch heißt und die so aussieht, als hätte ein fünfjähriger Designer mit nem Filzstift mal was auf nen Zettel gelumpert, eine kleine Skizze, nicht viel mehr als ein rumpeliges Viereck, das ein halbblinder Mathelehrer nachmittags beim Arbeitenkorrigieren zufrieden nickend zur Kenntnis nimmt. Ein Accessoire mit dem Fassungsvermögen eines Kölsch-Glases. Darin ist gerade genug Platz für fünfzig Cent und den Schlüssel vom Tagebuch.

»Haben Sie schon eine Stola?«, fragt die Abendgarderoben-Frau weiter.

»Nein, ich habe nichts gestohlen«, sage ich.

Und dann stehe ich da. Mit einem fliederfarbenen Kleid, in hautfarbener Strumpfhose. Vollgehangen mit Tinneff. Mein Outfit besteht aus mehr Teilen als der LEGO-Millenium-Falke. Mit so vielen Zutaten koche ich nicht mal. Ich habe in meinem Studium Essays abgegeben, die haben aus weniger Wörtern bestanden. Ich schwöre, wenn ich irgendwas davon verliere, ich kann mich nicht mal erinnern, es jemals besessen zu haben.

»Ich denke, so können Sie gehen«, sagt die Verkäuferin zufrieden.

Und die Wahrheit ist, dass ich nicht gehen kann. Es ist wirklich schwer mit diesen Schuhen. Das funktioniert einfach nicht. Ich lasse sie also da und alles andere, was da an mir schlackert auch. Ich gehe schlicht, aber glücklich. Denn zu dieser Hochzeit trage ich vor allem ein Lachen und Torte. Sehr viel Torte.

Raclette

Ich habe mir ein Hotelzimmer gemietet, um darin zwölf Stunden lang sehr heftig zu raclettieren. Das ist diese Art von Luxus, die ich mir in der Winterzeit gerne mal gönne. Einfach mal raus aus dem stressigen Alltag und rein in ein 4-Sterne-Romantik-Hotel, den Koffer voller Dosengemüse und Schmelzkäse, im Rucksack ein 24-Pfännchen-Raclette-Set und unterm Arm den rostigen Tischgrill.

Mein Raclette ist noch original aus den 80er Jahren. An diesem Gerät klebt noch das kulinarische Vermächtnis meiner Vorfahren. Ein Poesiealbum aus Käse- und Fleischresten. Käse, dessen Milch aus einem Euter stammt, der noch in den späten 70ern über DDR-Land baumelte. Und darunter ein Raclette-Grill, der weiß, was er will. Der so viel Strom verbraucht, dass damit ein Tesla die Strecke Berlin-München viermal fahren könnte. Inklusive laufender Sitzheizung, dauerhaft angezogener Handbremse und einem angehängten Campingwagen.

Mit so einem 80er-Jahre-Raclette-Grill fliegt einem gerne mal die Sicherung raus. Mit meinem 80er-Jahre-Raclette-Grill fliegen dem Hotel an diesem Abend viermal die Sicherungen raus. Das sorgt für einigen Unmut, aber schließlich finde ich im Nachtschrank eine Steckdose, die es tatsächlich mit meinem Gerät aufnehmen kann.

Es kann losgehen.

Ich skizziere nun zunächst die drei Stadien des Raclettierens in chronologischer Reihenfolge:

Stadium 1: Die Vorfreude

Man ist einigermaßen aufgeregt ob der nahenden Nahrungszufuhr. Noch findet man großen Gefallen an dem reichen Speiseangebot und klatscht entzückt in die Hände über den bereitgelegten Käse. Wenn man in Gesellschaft ist, sagt man Dinge wie: »Ach, das wird fein. Ich habe heute extra noch nichts gegessen« und meint damit, dass man extra noch nichts gegessen hat, außer sieben Nutella-Broten, einem Döner, drei Bananen und dieser Scheibe Mortadella-Wurst, die einem beim Metzger zugesteckt wurde, weil man sich wieder so verdammt kindisch benommen hatte. Jedes Mal.

Stadium 2: Das heftige Raclettieren

Der Grill ist warmgelaufen und die ersten Pfännchen sind im Game. Jetzt ist der Rest magic. Der Anblick einer würzigen Raclette-Käse-Scheibe, wie sie im gelbroten Licht der Heizstäbe zu schwitzen beginnt, um sich schließlich, gleich einem hautengen Satinoberteil, um den Körper der darunter befindlichen Dosenerbsen zu schmiegen. Daneben eine Anhäufung vorgegarter Kartoffeln an Ananas-Kochschinken-Tartar mit leichter Pfeffer-Note.

Dazu zwei bis siebzehn Gläser Rotwein, die eine unerwartete kulinarische Experimentierfreude in einem entfachen. Wie ein verrückt gewordener Fernsehkoch beginnt man damit, wild Zutaten zusammenzuwerfen. Irgendwann raclettiert man alles, was vom Sitzplatz aus bequem erreichbar ist und nicht atmet. Auf diese Weise verschwinden vier Korkuntersetzer.

Stadium 3: Die Reue

Man ist am Ende, körperlich und mental. Die letzten 17 Pfännchen waren zu viel. Man hätte vor zwei Stunden aufhören sollen, man hätte nie anfangen dürfen. Schon beim Wort »Raclette« rumpelt es gefährlich in der Magengegend. Man hat an diesem einen Abend so viel gegessen wie im gesamten Monat Mai nicht. Und ich spreche vom Mai 2014, als ich mehrere Cevapcici-Wettessen und drei All-You-Can-Eat-China-Buffets besucht habe, und das an jedem Dienstag.

Kurz gesagt: Nach Stadium 3 passiert nicht mehr viel. Außer letztes Jahr. Da habe ich überraschenderweise Stadium 4 erreicht. Aber darüber möchte ich jetzt hier nicht sprechen.

Dieses Jahr mache ich alles richtig. Ich sitze also in diesem Doppelzimmer und raclettiere mir einen weg, dass die Wände nur so scheppern. Die Fensterscheiben beschlagen von innen, am Fernsehbildschirm laufen kleine Kondenstropfen hinunter, sodass es so aussieht, als würde Emily bei »GZSZ« sehr doll weinen. Tatsächlich weint Emily wirklich sehr doll, dann sieht es aber jetzt so aus, als würde Emily sehr doll weinen und sehr doll schwitzen. Darin sind wir uns sehr ähnlich. Ich habe nur noch meine Unterwäsche an und fühle mich reichlich sommerlich. Im Raum hat sich eine Menge Rauch versammelt. Draußen hat irgendjemand die Feuerwehr gerufen. Das Hotel muss vermutlich sehr sorgfältig renoviert werden. Ich bin satt und glücklich.

Später werde ich sehr gut schlafen. Vielleicht wache ich pünktlich zu Weihnachten wieder auf, wenn ich fertig bin mit dem Verdauen. Und dann wünsche ich mir nur eins: ein schönes Romantik-Raclette-Wochenende. Und neue Korkuntersetzer.

1997

Es war das Jahr 1997. Es war das Jahr, in dem Prinzessin Diana starb. Das Jahr, in dem Jan Ullrich die Tour de France gewann. Das Jahr, in dem die spätere Friedensnobelpreisträgerin Malala auf die Welt kam. Und es war das Jahr, in dem ich, ein achtjähriges Mädchen mit einem besorgniserregenden Überbiss und einer 2- in Mathe, zu einem Spice Girl wurde. Obschon dieses Ereignis kaum Einfluss auf das Weltgeschehen nahm und meine Entscheidung, auf dem Schulhof fortan als Sporty Spice (»Alle anderen sind schon vergeben!«) in Erscheinung zu treten, außerhalb des Klassenzimmers der 3a wenig Beachtung fand, würde dieses Bekenntnis zur Popkultur im Allgemeinen und zur Girlpower im Besonderen mein Leben nachhaltig verändern.

Wenn man acht Jahre alt ist und in den 90er Jahren groß wird, hat man meistens eine bunte Leggins und ein sehr großes T-Shirt an. Man begeistert sich für Gummitwist und Schleckmuscheln. Man gibt sein ganzes Taschengeld aus für die *Micky Maus* und *Diddl*-Blöcke. Man denkt, dass man alles im Leben erreichen kann, nur mit einem vollen Stickeralbum und diesem kleinen Seepferdchen-Patch auf der Badehose. Und man singt in falschem Englisch die

Hymnen zu diesem kleinen, hoffnungsfrohen Leben. Meine Hymne klang in etwa so: »Iff ju huanna bie mei lava ju gotta gät wiss mei fränds! Meik it lahst foräva – fründschipp näwer änts.«

Und obwohl ich nicht verstand, was die fünf Frauen da genau sangen und weshalb es notwendig war, dabei verrückt herumzuhüpfen und schrille Klamotten zu tragen, kann ich mit aller Sicherheit sagen, dass ich nie wieder etwas so gefühlt habe wie dieses Lied.

»Du musst schon richtig tanzen«, sagte Mareike und stemmte genervt ihre Hände in die Hüften.

Da waren meine Freundinnen Mareike, Laura, Sarah und Jennifer und da war ich, die aus unerfindlichen Gründen nicht in der Lage war, einen Flickflack auf unserem Sechser-Gruppentisch zu vollführen.

»Sporty Spice macht sowas immer«, sagte Laura und mir entging dabei nicht der vorwurfsvolle Unterton in ihrer Stimme.

Mit acht Jahren erträgt man es nur sehr schwer, andere Menschen zu enttäuschen. Vor allem dann nicht, wenn diese anderen Menschen Posh Spice verkörperten und wirklich böse gucken konnten. Ich nahm noch ein letztes Mal Anlauf und vollbrachte nur einen bedauerlichen Purzelbaum, der mit dem Gesicht auf Sarahs Matheheft endete.

»Was macht ihr denn da?«, wollte Frau Ludwig wissen.

Sie war soeben in der Klassentür erschienen und hatte sich bedrohlich vor uns aufgebaut.

»Wir sind die Spice Girls«, erklärte Mareike. Und dass Frau Ludwig das nicht direkt selbst erkannt hatte, musste wohl an mir liegen. Ich war ein wirklich schlechtes Spice Girl.

Meinen Mangel an darstellerischer Klasse kompensierte ich mit gesanglicher Stärke. Ich sang schief, aber laut. Niemand sollte mir fehlendes Engagement vorwerfen können. Und verdammt, ich war engagiert, ich war vielleicht das erste und einzige Mal in meinem Leben wirklich Fan. Ich hatte ein Idol, und davon direkt fünf. Ich war überzeugt davon, dass Mädchen Superkräfte haben und dass erwachsene Frauen alles erreichen können, solange sie nur Freunde bleiben. Ich glaubte, dass dort draußen eine glorreiche Zukunft auf mich wartete, die eine Menge damit zu tun hatte, zu tanzen und in einem großen Bus durch die Gegend zu fahren.

Meine Mutter begegnete meiner neuen Obsession mit elterlichem Unverständnis.

»Das ist nicht meins«, sagte sie. »Die einzigen Gewürze, die ich brauche, sind Salz und Pfeffer.«

Ich verstand nicht, was sie mir damit sagen wollte, aber wenn sie mich zur Schule fuhr und im Radio »Who do you think you are« gespielt wurde, erwischte ich sie manchmal dabei, wie sie heimlich die Lippen dazu bewegte. In den Sommerferien blieb das Auto in der Garage und ich verbrachte die Tage im Garten, wo ich meinen Bruder dazu zwang, meine Beine festzuhalten, während ich versuchte, einen anständigen Flickflack zu vollführen. Ich schlug mir sieben Mal das Knie auf und hatte eine sehr unschöne Begegnung mit einem Wespennest, aber ich überlebte die Ferien.

»Das ist schon fast ein Kopfstand!«, stellte Mareike fest und ich meinte, ein wenig Anerkennung herauszuhören.

Der Sommer verblasste. Bald würde ich in die vierte Klasse kommen und mich ziemlich groß und erwachsen fühlen. Mein Vater schenkte mir zum neuen Schuljahr ein Spice Girls-Federmäppchen und ich war jeden Tag neidisch auf meine Stifte, weil sie darin wohnen durften.

Zum ersten Schultag trug ich Sportschuhe und ein Schweißband am Handgelenk. Ich hoffte, dass jemand mich fragen würde, ob er sich einen Stift borgen könne, nur damit ich Gelegenheit hätte, mein Federmäppchen herumzureichen und dabei ein paar neidische Blicke zu ernten. Tatsächlich wurde ich aber etwas anderes gefragt: »Welchen von den Backstreet Boys nimmst du, Sandra?«

Ich war einigermaßen verwundert.

»Wie meinst du das?«, wollte ich wissen. »Du musst dir einen Backstreet Boy aussuchen!«, erklärte Laura.

Und ich verstand immer noch nicht so richtig, was sie damit meinte.

»Einen aussuchen? Ich soll mir überlegen, wer ich sein will?«

Bisher war ich ein mittelmäßiges Sporty Spice gewesen, aber wie ich jetzt einen Mann in den Zwanzigern verkörpern sollte, war mir ein Rätsel.

»Nein, du sollst sagen, wen von denen du süß findest.«

Ich fand Golden-Retriever-Welpen süß. Ich konnte mir vorstellen, eine Eisdiele zu besitzen, und ich glaubte, dass jedes Gericht mit Schokolade besser schmeckte, aber ich hatte nicht das Bedürfnis, einen dieser Männer süß zu finden, die mir Jenny jetzt auf einem Foto präsentierte.

»Mareike hat sich schon für Nick entschieden, den solltest du vielleicht nicht nehmen! Und Brian gefällt mir am besten. Guck mal, AJ ist doch echt niedlich!«

AJ war weit entfernt von etwas, das ich persönlich niedlich fand. AJ sah aus wie jemand, der einem im Schlaf heimlich tätowieren oder piercen würde. Vor allem deshalb, weil ihm das offensichtlich selbst wiederfahren war.

»Ja«, sagte ich also.

Und alle anderen waren mit meiner Entscheidung sehr zufrieden.

»Was ist mit den Spice Girls?«, fragte ich.

Aber die anderen hatten angefangen, »Everybody« zu singen.

Einige Sachen sind bloß Trends, andere bleiben für immer. Die Poster an meinen Wänden sind verschwunden, meine erste Spice-Girls-CD habe ich irgendwann verliehen und dann vergessen. Das Federmäppchen habe ich verloren und das macht mich heute immer noch ein wenig traurig. Aber die Freundschaften sind geblieben. Und wenn irgendjemand auf einer 90er-Jahre-Party »Wannabe« auflegt, singe ich mit, in demselben schlechten Englisch wie vor zwanzig Jahren. Einfach weil ich es nicht anders gelernt habe, weil ich immer noch das achtjährige Mädchen bin, das keine Ahnung hat, was da eigentlich gesungen wird, aber jedes einzelne Wort fühlt.

Es war das Jahr 1997. Es war das Jahr, in dem ich fünf Monate lang dachte, dass ich einmal ein erfolgreicher Popstar würde. Das Jahr, in dem ich lernte, einen Kopfstand zu machen. Und es war das Jahr, in dem ich zu einem Spice Girl wurde. Ich wurde direkt zu allen Spice Girls, denn das konnte ich ja: Ich hatte ein volles Stickeralbum, ein Seepferdchen-Abzeichen, vier von diesen sehr seltenen Tiger-*Diddl-Maus*-Blättern, ich hatte ein sehr schickes Federmäppchen und vor allem hatte ich das gute Gefühl, dass ich alles sein konnte, was ich wollte. Ich bin Spice Girls. Viva forever.

Du hast da was (II)

- Jetzt weg?
- Nein, das hängt da noch. Ist ziemlich hartnäckig.
- Jetzt weg?
- Nee, noch da.
- Jetzt vielleicht?
- Ist immer noch da. Versuch es mal mit der Zunge!
- Weg?
- Ist noch da.
- Jetzt weg?
- Nee, sitzt da noch.
- Und jetzt?
- Ich seh's noch.
- Ich komme da irgendwie nicht dran.
- Guck mal selber im Handy.
- (*holt Handy raus*) Es ist so dunkel, ich seh da gar nichts.
 Mach mal ein Foto. Mit Blitz.
- Okay, lach mal.
- Danke. Das sieht ja furchtbar aus! Was ist das?
- Rest vom Mohnkuchen?
- Ich hasse Mohn.

Freundschaft auf den ersten Blick

Manchmal sehe ich jemanden und denke: »Boah, mit dem Menschen wäre ich wirklich gerne befreundet!«

Ich glaube, sowas nennt man »Freundschaft auf den ersten Blick«. Meistens handelt es sich dabei um Frauen, die sehr selbstbewusst sind. Die so wirken, als wären sie noch nie in ihrem Leben gestolpert oder mit den Haaren in einen Ventilator geraten. Frauen, die in der Lage sind, einen perfekten, geraden Lidstrich zu ziehen, und die immer wissen, welchen Smiley man in *WhatsApp*-Nachrichten verwendet. Ich verstehe diese ganze Smiley-Kommunikation nicht. Meistens schicke ich einen Marienkäfer, weil ich glaube, dass das die Menschen am wenigsten aggressiv macht. Die Menschen werden heute schnell aggressiv, man muss wirklich andauernd aufpassen, dass man niemanden wütend macht.

Kommunikation ist nie leicht. Wie lernt man zum Beispiel Freunde kennen? Das ist mir ein großes Rätsel. Es gibt allerlei Ratgeber zur Partnersuche, über möglichst effektives Dating und glückliche Beziehungen. Es gibt kaum Ratgeber dazu, wie man Menschen kennenlernt, mit denen man gerne befreundet wäre. Man geht nicht einfach abends alleine in eine Bar und spricht fremde Menschen an, nur um festzustellen, ob man vielleicht nächstes Jahr zusammen in den Urlaub fährt oder sich gemeinsam für einen VHS-Nähkurs anmeldet. Was soll man da auch sagen?

»Hallo, ich beobachte dich schon länger, du siehst wirklich sehr sympathisch aus, möchtest du mir vielleicht eine Weile dabei zuhören, wie ich von meinem Exfreund erzähle?«

Oder: »Hast du Lust, mit mir nach Hause zu kommen, um mir dabei zuzugucken, wie ich uns beiden bei *Sims* ein Haus baue?« Beides ernst gemeinte Fragen, aber keiner würde begeistert einschlagen.

Dabei lohnt sich der ganze Aufwand doch, denn Freunde sind unglaublich wichtig. Freunde sind Menschen, die einen mögen, obwohl sie einen kennen. Freunde sind der einzige Fanclub, den man je haben wird. Freunde sind Hobbykardiologen, sie tun was fürs Herz. Sie sind Lebensretter und Superhelden. So etwas muss man unbedingt beschützen. Denn richtig gute Freunde findet man nicht so einfach.

Es gibt diesen einen Spruch, den ich sehr schön finde: »Freunde, das ist die Familie, die man sich selber aussucht.«

Und ich mag das, ich finde, das klingt toll. Aber ich frage mich auch: Wenn das stimmen sollte – wer wäre ich dann in dieser Familie? Ich habe lange nachgedacht und ich glaube, ich wäre der Opa. Immer ein bisschen nörgelig und 24 Stunden am Tag Bock auf Schnaps und Kuchen. Das wäre meine Rolle.

Ich habe feste Kriterien für eine funktionierende Freundschaft. Das klingt ziemlich wählerisch, aber ich glaube, mit dem Alter lernt man ganz automatisch, was man bereit ist, am anderen zu akzeptieren, und was nicht. Es gibt einfach Dinge, die ich nicht ignorieren kann. Und damit meine ich nicht das Offensichtliche, nämlich Sexismus, Rassismus und andere menschliche Grausamkeiten, sondern diese kleinen, feinen Nuancen, die darüber entscheiden, ob man die nächsten zwanzig Jahre die Nummer des anderen auf der Kurzwahltaste hat oder ob man diese nette Bekanntschaft frühzeitig beendet, um hinterher nicht enttäuscht zu sein von all den großen Meinungsverschiedenheiten, die man hätte kommen sehen müssen. Hier ist meine Liste der Dinge, die ich in einer Freundschaft nicht ignorieren kann:

1.   Menschen, die kein Trinkgeld geben. Was ist mit euch? Und nein, 10 Cent sind kein Trinkgeld. Das sind die gleichen Menschen, die später, wenn man mal bei denen zu Hause von den Chips genascht hat, 50 Cent von jedem einsammeln.

2.   Menschen, die nicht wissen, was ich meine, wenn ich »Expecto Patronum!« brülle.

3.   Menschen, die einen nicht darauf aufmerksam machen, dass man etwas zwischen den Zähnen hängen hat. Jeder, der einen länger als dreißig Sekunden mit einem Stück Salat im Gebiss durch die Gegend rennen lässt, ist automatisch der Feind.

4.   Menschen, die nicht gerne umarmen. Das ist okay, es gibt Menschen, die stehen nicht so auf Körperkontakt. Aber ich liebe Umarmungen. Umarmungen sind kuschelig

und verdammt praktisch, weil man dann nicht überlegen muss, was man mit seinen Händen macht oder wo man seine Finger abwischt, wenn man gerade etwas sehr Fettiges gegessen hat.

5.   Menschen, die keine Alpakas mögen. Selbsterklärend.

Ich glaube, meine Ansprüche sind nicht allzu hoch. Im Gegenzug versuche ich selbst immer, besonders interessant zu wirken. Ich will aussehen wie ein Mensch, mit dem man Spaß haben kann. Dem man Bescheid sagt, wenn man irgendwas mit einer großen Hüpfburg plant. Den man einweiht in seine dunkelsten Geheimnisse, ohne Angst haben zu müssen, dass er irgendetwas weitertratscht. Den man anschaut und sofort denkt: »Poh, die sieht aber interessant aus! Die soll nächstes Jahr meine Trauzeugin werden!« Oder noch besser: »Hallohallo, was für ein faszinierender Mensch! Das ist eine, bei der ich gerne einmal vergessen würde, dass ich ihr sehr viel Geld geliehen habe!« Sowas wäre praktisch. Um so auszusehen, müsste ich allerdings rittlings auf einem stolzen Esel sitzen und sehr seriös mit Sauerkraut jonglieren. Leider sehe ich nur aus wie Sandra.

Ich sitze also alleine in diesem VHS-Nähkurs, zu dem ich mich angemeldet habe, weil das Geld und die Zeit für Urlaub nicht gereicht haben. Ich sitze da und frage mich, ob du mich interessant findest. Ob dir aufgefallen ist, dass da ein paar Partyhüte aus meiner Handtasche lunkern und dass ich beim Wort »Verriegeln« immer so gucke wie jemand, dem man gerne mal seine Wohnungsschlüssel anvertraut. Vielleicht wirke ich etwas bemüht, vielleicht hätte ich auf mein Namensschild keinen freundlichen Smiley malen sollen, aber ich wollte, dass da immer jemand ist, der dir zulächelt, wenn ich gerade nach unten gucke. Ich habe keine Ahnung, ob du an Freundschaft auf den ersten Blick glaubst. Ob du Harry Potter magst oder ob du gerne Trinkgeld gibst, aber ich würde wirklich gerne herausfinden, ob wir gute Freunde wären.

Also tue ich das einzig Richtige und bin für ein paar Minuten mutig. Denn manchmal lohnt sich das, manchmal ist es wirklich notwendig, dass man jemandem sagt, dass man ihn ziemlich super findet. Ich spreche dich also einfach an und sage die Wahrheit: »Hey, du siehst aus wie jemand, den man gut umarmen kann. Ich würde dich wirklich gerne kennenlernen, weil wir dann vielleicht feststellen, dass wir super Freunde sind. Vielleicht magst du mir einfach deine Handynummer geben, damit ich dir einen Marienkäfer-Smiley schicken kann. Nur so, damit du auch meine Nummer hast und im Notfall weißt, bei wem du dich melden kannst, wenn es im Leben einmal schwierig wird. Und hey, ich glaube, du hast da was zwischen den Zähnen.«

Und ich verstehe wirklich, wenn du einfach aufstehst und gehst. Aber mit etwas Glück ist es auch bei dir Freundschaft auf den ersten Blick.

HUNDE LIEBE

Ich gehe also durch die Straßen,
bewege mich langsam, nicht zu eilig,
ich mache keinen Sport,
ab und an verweil' ich,
mit Bedacht von Ort zu Ort,
und dann seh' ich dich.

Ganz wuschelig, ganz freundlich,
ich denke, ich spreche dich an.
Doch du bist nicht alleine,
denn an deiner Leine
hängt noch ein Mädchen dran.
Aber ich will nur »Hallo« sagen,
nur mal höflich fragen,
ob man dich mal tätscheln kann.
Also gehe ich zu dir rüber
und red' dich von der Seite an:

Hallo!
Du sagst: »Wau«, und ich sag': »Wow«,
dieses Gefühl, wenn ich zu dir rüberschau',
du bist ein Hund, und zwar ein richtiger fescher,
wär' ich ein Hundefänger,
hätt' ich dich längst im Kescher,
doch ich bin nur Gassigänger,
bin bloß Pudelwäscher.
Wünsch' mir an jeder Leine
'nen anderen Kläffer.
Komm, leck meine Hand,
dann bin ich etwas fresher.

Ich hab' noch Zeit für dich,
lass spazieren gehen,
ich will bloß Bälle werfen,
und dich dann laufen sehen.
Lass mich dich »Schmusi« nennen,
ich back' dir Hundekuchen,
lass uns durch Wälder rennen,
und dort nach Stöckchen suchen.
Lass uns in Bäche springen,
durch dichte Büsche kriechen,
einfach nur Zeit verbringen,
an fremder Kacke riechen.
Nein, nein. Das machst du alleine!

Ich bin emanzipiert, aber für dich bleib' ich »Frauchen«.
Du brauchst nur einmal bellen und ich werd' mit dir
    rausgehen.

Ich hatte mit fünf bereits meinen ersten Hunde-Kalender,
das süßeste Bild war Blatt 9 – ein Jahr lang September!
Diese Blumenwiese und darauf ein Dobermann,
im nächsten Jahr war dann der Oktober dran.
So geht das bis heute: Die Bilder in meinem Zimmer
sind etwas gelblich, aber hängen da noch immer.
Ich hab' den Traum nicht begraben, ich buddel' nur aus,
sammel' keine Knochen, aber Liebe zu Hauf.
Ich hab' ein Kuscheldiplom, bin ein Streichel-Professor,
vergiss das Kleid, so'n Labrador schmeichelt mir besser.
Ich hab' die Wohnung geputzt, um mich über die Haare
     zu freuen,
die du und dein Rudel hier in Scharen verstreuen.
Ja, ich warte auf den Tag, dass ein Hund mal mein Gast ist,
ein Collie, ein Bobtail oder zumindest ein Mastiff.
Must-have-Lebenstraum,
vergiss das Haus und den gepflanzten Baum,
ich will mit fünfzig von der Hundezucht leben,
das heißt, ich züchte, ohne je einen Hund abzugeben.
Das ist Mathematik, das ist Plusrechnung,
werd' nie alt, bin noch zum Schluss recht jung.
Ewig Kind geblieben und ewig Hunde lieben.

Dieses Mantra vergess' ich nie,
seit ich denken kann, ist das meine Philosophie.

Who let the dogs out?
Who who who who who?
That was probably me.

Ich geb's ja zu, ich bin vielleicht kein Genie,
aber ich hab' mein Herz an der richtigen Stelle,
ich kuschel' gern, bin 'ne Frau für die wichtigen Felle,
nenn mich romantisch verklärt, schimpf mich naiv,
aber für ein kleines Hunde-High-Five sinke ich tief.
Geh' auf die Knie wie vor »Humba Humba Täterä«,
sammel' Pfotenshakes, die ich später zähl',
es ist wie beliebt sein in der fünften Klasse,
wie ein Leben, in das ich endlich passe.
Apropos passen:
Ich hab' mir 'ne Jacke gekauft, falls es mal regnet,
und ich bin in dieser Jacke schon manchem Hund begegnet.

Denn: Alle chillen zuhaus', es ist ein stürmischer Tag,
ich treff' mich gleich mit den Hunden im Park.
Die Gang begrüßt mich wie 'nen alten Kollegen,
ich liebe den Geruch von Hunden im Regen.

Eh, schüttel dich ruhig, lass dein Fell fliegen,
schön drei Kilo Matsch vor den Kopp kriegen,
ich hab' damit kein Problem,
das bisschen Wasser und Lehm
ist für meine Haut wie 'ne Creme.

Du bist meine Schönheitskur,
bist meine zweite Frisur,
mein Begleiter auf Tour,
also leg deine Spur,
durch meinen Flur
fließt jetzt die Ruhr
und meine Tapete
hat endlich Struktur.
YEAH!
Hörst du das?
Das ist ist Begeisterung pur!

Man sagt, ohne gutes Gehalt wirst du nie wer,
aber ich hätte lieber 'nen Golden Retriever.
Ey, scheiß doch auf Eigentumswohnung,
ich hab' in jeder Tasche 'ne Hundebelohnung.
Ich brauch' keinen Garten und 'ne große Terrasse,
ich brauch' 'ne Hundehütte, in die ich auch reinpasse!

Und dann diese Leute, die sagen:
Ja, komm, das stimmt ja alles so gar nicht.
Hunde stinken halt auch voll und die sabbern,
die haben Mundgeruch und da so komische Falten.
Gegenfrage: Kannst du bitte mal den Schnauzer halten?

Wie kann man keine Hunde lieben?
Sie sind Helden, auch ohne zu fliegen.
Denkt nur an Rantanplan, denkt an Scooby Doo,
an Balto oder Lassie,
ich vergess' nie, wie kess sie
zur Stelle waren in all diesen Jahren.
Pluto und Snoopy sind auf der ganzen Welt bekannt,
selbst Beethoven hat sich nach nem fucking Hund benannt.
Das ist doch kein Zufall!

Ich bleibe also engagiert, geb' immer hunde-rt Prozent,
denn glücklich ist der, der ein Leben mit Hunden kennt.

Geburtstagskarte

»Gib die Karte mal der Sandra, die macht das beruflich! Die weiß, wie man schreibt!«

Mir wird eine Karte gereicht und dazu ein Stift, der glitzert, in der Hoffnung, dass meine Worte das auch tun. Alle schauen mich erwartungsfroh an. Ich wiege das Stück Pappe ratlos in den Händen.

Vorne auf der Karte ist ein Elefant, der einen Strauß Luftballons im Rüssel hält, darüber eine Sprechblase, in der in goldener Schrift »Herzlichen Glückwunsch zum Geburtstag« steht. Damit ist meiner Meinung nach alles gesagt. Es geht um einen Geburtstag und dazu überbringen wir dem alternden Menschen unsere herzlichen Glückwünsche. Klarer Fall. Da hat der Geburtstagskartenhersteller schon ziemlich frech gespoilert.

Ein bisschen so, als würde man auf dem Buchcover bereits das Ende der Geschichte verraten. Hätte der Verlag »Voldemord stirbt und Dumbledore auch« auf den ersten Harry-Potter-Band geschrieben – ich weiß nicht, ob J. K. Rowling noch besondere Lust gehabt hätte, sechs weitere Bücher zu schreiben.

Jetzt gerade bin ich J. K. Rowling und stehe vor der schwierigen Aufgabe, das sehr leere Innenleben dieser Geburtstagskarte zu füllen.

»Ja, keine Ahnung«, sage ich schließlich. »Was wollen wir dem Jochen denn sagen?«

Und die Erwartung in den Gesichtern meiner Freunde weicht leiser Enttäuschung.

Es gab bereits zuvor vereinzelte Zweifel, ob das mit meinem Beruf als Autorin ernst gemeint wäre, ob das so seine Richtigkeit habe. Ob man mit sowas überhaupt Geld verdienen könne. Jetzt, da ich mich offiziell unfähig erkläre, dem Jochen zu seinem 30. Geburtstag mal ein paar heitere Worte in die *DM*-Grußkarte zu kritzeln, formiert sich in den Augen meiner Freunde eine düstere Erkenntnis: Ich bin gar keine Autorin. Wenn es mir nicht mal gelingt, den Jochen mit ein paar tröstenden Sätzen auf diesen existenziellen biografischen Einschnitt vorzubereiten und ihn liebevoll literarisch hinüberzugeleiten in ein Leben jenseits der 30 – wie, ja wie kann mir dann überhaupt irgendwas gelingen?

»Bleib so, wie du bist!«, schlägt Malte schließlich vor und wirkt dabei überrascht von den eigenen sprachlichen Fähigkeiten. Er sieht so aus, als hätte er plötzlich seinen inneren Schriftsteller entdeckt.

Ich warte fünf Sekunden ab, ob Shakespeare-Malte in der Zwischenzeit selbst auf die Idee kommt, dass dieser Vorschlag auf eine unangenehme Weise platt und unkreativ ist, aber er freut sich leise weiter. »Bleib so, wie du bist«, der Evergreen unter den Geburtstagskartensprüchen. Was kommt als Nächstes? »Wir sind froh, dass es dich gibt«? »Happy Burzeltag«?

»Ich finde, der Jochen könnte sich schon mal ein bisschen verändern«, sagt Andy plötzlich. »Der soll nicht so bleiben, wie er ist. In letzter Zeit war der ehrlich gesagt ein bisschen anstrengend.«

Christian nickt bestätigend.

»Das ist mir auch aufgefallen. Der redet nur noch von seinem neuen Job und kaut ständig mit offenem Mund. Außerdem macht mich sein Lachen immer ein bisschen aggressiv.«

»Ja, das klingt so komisch affektiert«, ergänzt Lisa. »Da weiß ich nie, ob da gerade irgendwas witzig war oder ob der sich einfach übergeben muss.«

»Okay, okay«, sage ich. »Ich fasse zusammen: Jochen soll nicht so bleiben, wie er ist. Aber das jetzt direkt einfach so in die Karte schreiben?«

»Vielleicht erstmal ›Hallo!‹«, schlägt Lisa vor und den Hinweis greife ich gerne auf. »Und jetzt noch was dazu, dass er 30 wird, das ist ja schon etwas Besonderes.«

Andy zuckt mit den Schultern. »Keine Ahnung, wir sind doch alle inzwischen dreißig und das fühlt sich überhaupt nicht besonders an.«.

»Dann schreib: Du jetzt also auch.«

Ich tue, wie mir geheißen.

»Was noch?«

Shakespeare-Malte hat einen weiteren Geistesblitz.

»Feier schön!«, formuliert er stolz.

Ich sehe ihm an, dass er kurz davor ist, mir einen Schreib-Workshop anzubieten. Zu meiner Beruhigung einigen wir uns allerdings schnell darauf, dass »Feier schön!« nichts mit dem Jochen zu tun hat, den wir so kennen. Denn wenn irgendjemand nicht schön feiert, dann auf jeden Fall der Jochen. Jochen besitzt die seltene Gabe, auf einer Veranstaltung, bei der er sich mit Bier im selben Raum aufhält, innerhalb weniger Minuten derart die Kontrolle über sich, seine Kleidung und seine kognitiven Fähigkeiten zu verlieren, dass er auf Feierlichkeiten jeglicher Art regelmäßig und in erschreckender Präzision unfreiwillig die Außerkraftsetzung aller ihn betreffenden physikalischen Gesetze zelebriert, derart nämlich, dass er vorwiegend auf allen Vieren beliebiges Mobiliar auf Stabilität und Rutschfestigkeit testet, während er singenderweise aus dem Gesamtwerk von Alexander Marcus rezitiert. Es gibt ausreichend glaubwürdige Augenzeugen, die bestätigen würden, dass nichts an dieser Art zu feiern auch nur ansatzweise schön ist. Ich nutze meine mir gegebene Sprachgewalt, um diesen Umstand in der Geburtstagskarte höflich zum Ausdruck zu bringen.

»Jetzt ist da noch ein bisschen Platz«, stelle ich schließlich fest. »So ein kleiner Satz passt da noch hin. Möchte noch wer dem Jochen was sagen?«

Betretens Schweigen. Andy und Christian signalisieren Ratlosigkeit, Shakespeare-Malte bewegt leise die Lippen und testet Geburtstagsvokabular.

»Ja, also, bevor da jetzt gar nichts steht«, hebt Lisa plötzlich an. »Der Jochen schuldet mir noch 10 Euro. Das vergisst der irgendwie immer.«

»Ich sag doch, der Jochen ist anstrengend!«, ruft Andy.

Ich grübele eine Weile darüber, ob ich 10 Euro jetzt als Zahl oder Wort in die Karte schreibe.

»Fertig?«, fragt Christian.

»Fertig.«

Wir begutachten gemeinsam das Ergebnis:

»Hallo Jochen,

30, ne? Du jetzt also auch! Kleiner Tipp von deinen Freunden: Nutze das neue Lebensjahr mal, um dich zu verändern. So darf es mit dir nicht weitergehen! Keiner interessiert sich für deinen neuen Job. Bitte sei in Zukunft weniger fröhlich und mach deinen Mund beim Kauen zu. Halte heute dein Gesicht von Bierflaschen fern und versuch, dich zu benehmen.

P. S.: Du schuldest Lisa noch 10 Euro.«

Unterschrieben: Christian, Andy, Malte, Lisa und Sandra.

»Und jetzt vielleicht noch was Herzliches?«, schlägt Lisa vor.

»HDGDL«, schreibe ich.

»Super«, sagt Christian. »Da merkt man direkt, dass du das beruflich machst!«

Und ich bin mir nicht sicher, ob er das jetzt ironisch meint.

Gewitter

Da ist ein Gewitter über der Stadt. Das Wetter ist sehr wütend, was total okay ist, denn mir fallen eine Menge guter Gründe ein, warum es sich lohnt, wütend zu sein in diesen Zeiten.

Heute habe ich bereits ein paar Türen knallen gehört, zwei davon gehörten zu der Wohnung, in der ich wohne, eine zu dem Haus, in dem meine Wohnung wohnt. Das macht drei Türen, die lautstark ins Schloss fielen, ganz unterschiedlich, jede klang ein wenig anders, jede hatte einen ganz eigenen Sound. Diese Türen würden es mit viel Geduld und Übung zu einer Band bringen, von der man dann vielleicht eine CD im Schrank hätte, weil es irgendjemanden in der Verwandtschaft gäbe, der es witzig findet, Musik von Türen zu verschenken. In meiner Verwandtschaft gibt es viele Menschen, die es witzig finden, Dinge zu verschenken, von denen man annehmen muss, dass sie ein Affe erfunden hat. Das ist das Verlegenheitsgebaren unserer Wohlstandsgesellschaft: Geschenke für Menschen, die schon alles haben. Es mangelt an nichts, außer an Schokoladendildos, singenden Flaschenöffnern und Nudeln in Herzchenform.

»Hier, ich habe dir eine Klopapierrolle gekauft, auf die Geldscheine gedruckt sind, weil ich denke, dass du darüber bestimmt ziemlich heftig kichern musst.«

Und damit hast du recht, denn für zwei Minuten ist das echt witzig. Unsere Beziehung war auch kurz witzig, dann ist uns aufgefallen, dass wir gar keine Ahnung haben, was wir mit uns anfangen sollen, weil keiner von uns Verwendung für den anderen hatte. Und jetzt hast du mit den drei Türen ein wenig Musik gemacht, sodass sich das Haus so anfühlt, als hätte jemand darin ein Konzert gespielt, das sehr laut, aber schlecht besucht war.

Du musst das wirklich ernst meinen, das mit dem Fortgehen. Denn keiner verlässt das Haus bei Regen, wenn es nicht wirklich wichtig ist. Da zögert man doch zumindest kurz und erwägt, ob sich all das Rausgehen überhaupt lohnt, wenn es bedeutet, dass sich das Gehen ein bisschen wie Schwimmen anfühlt. Es sei denn, man ist ein Kind und interessiert sich für Pfützen oder man hat sehr modische Gummistiefel, die man dringend einmal ausführen möchte. Auf dich trifft keines von beidem zu.

Ich warte geduldig die dreißig Sekunden ab, die man in romantischen Liebesfilmen Zeit hat, dem anderen nachzulaufen, und fühle dabei in mich hinein, um festzustellen, ob meine Beine oder mein Herz den Drang verspüren, loszurennen. Wir bleiben alle sitzen.

Im Fernsehen sagen sie, das mit dem Gewitter, das sei jetzt öfter so, das habe etwas mit der Erderwärmung zu tun. Und ich finde, die Erde ist ein ziemlich kalter Ort, da ist nicht wirklich viel zu spüren von irgendeiner Erwärmung. Erst gestern wurde ich in der Straßenbahn grob angerempelt und niemand hat sich hinterher bei mir entschuldigt.

Entschuldigen ist gar nicht so leicht, wenn man ein Arschloch ist. Ich kann auch ein ziemliches Arschloch sein, aber ich erinnere mich, zumindest einmal »Es tut mir leid« gesagt zu haben, als ich dich beim Umzug mit dem Regalbrett am Kopf getroffen habe. Und es tat mir auch wirklich leid, weil aus dem dumpfen Geräusch später eine Beule geworden ist, eine große Beule, die mich noch eine Weile strafend angeguckt hat. Ich möchte niemandem wehtun, aber nur weil ich sage, dass das keine Absicht war, schmerzt es deswegen nicht weniger.

»Ich wollte dich nicht verletzen«, hast du gesagt, aber trotzdem ist da jetzt eine Beule in mir, die beunruhigend schmerzt.

Im Fernsehen warnen sie vor weiteren Gewittern. Sie sagen, wenn man sich im Freien aufhalte, solle man sich flach auf den Boden legen und warten, bis alles vorbei sei. Im Grunde ist das mit dem Liebeskummer gar nicht groß anders. Nur dass man sich bei Liebeskummer eben drinnen flach auf den Boden legt und wartet, dass es endlich vorbei ist. Aus meiner Liegeposition sehe ich etwas Staub unter meinem Bett und eine Steckdose, die ich noch nicht kannte. Man kann also behaupten, dass dieser Tag heute ein kleiner Erfolg war.

Es gibt Beziehungen, die lassen sich kitten. Die sind sehr schön zerbrochen, wie eine Vase, die es genau in zwei Teile zerschlagen hat, und es bedarf nur ein wenig Fingerspitzengefühl und Sekundenkleber, um daraus wieder etwas Brauchbares zu machen. Unsere Beziehung ist wie eine Schüssel Schokoladenpudding, die jemand, der sehr ungeschickt ist (so jemand wie ich), beim Stolpern über die leicht erhöhte Türschwelle, durch das Wohnzimmer und aus dem Fenster in den Hinterhof gekippt hat, wo er zur Hälfte in einen offenstehenden Müllcontainer und zur anderen Hälfte in einen verwilderten Sandkasten gestürzt ist. Da ist nichts mehr zu retten. Egal, wie doll man den Schokoladenpudding sammelt und abwäscht, er bleibt irgendwie unappetitlich, denn darin kleben ziemlich viel Sand und ein paar alte Zigarettenstummel.

Im Fernsehen sagen sie, man solle jetzt aber keine Angst haben, Gewitter seien ja prinzipiell nur wenig gefährlich und wenn man sich richtig verhielte, würde einem auch fast nie etwas passieren. Aber ich habe tatsächlich Angst. Siebzehn Prozent meiner Ängste haben etwas mit Gewittern zu tun, nämlich die Angst, dass ich einmal im Freien in ein Unwetter gerate und mich beim Auf-den-Boden-Drücken in einen Ameisenhügel lege. Oder dass ich bei dem ständigen Blitzen und Donnern gar nicht mehr zum Duschen komme, weil man bei Gewittern nun mal nicht duschen soll. Einmal stand ich frisch eingeschäumt in der Wanne als das erste Grollen über die Stadt rollte. Ich habe dort eine Stunde wartend ausgeharrt und darauf gelauscht, dass der letzte Donner verklungen ist. Wenn man sehr lange nackt in einer Badewanne steht, ohne den Wasserhahn zu betätigen, wird man irgendwann merkwürdig.

Was für eine merkwürdige Entwicklung das doch sei, findet der Moderator. Danke, sagt er. Vielen Dank an den Meteorologen für seine Einschätzung. Es gäbe also keinen Grund zur Beunruhigung, und er lächelt dabei ganz beunruhigend.

Ich mache den Fernseher aus und gehe in die Küche. Ganz hinten im Schrank finde ich noch etwas Puddingpulver, das ich in heiße Milch rühre und dann kurz stehenlasse. Ich setze mich mit dem Schokoladenpudding ans Fenster, um zu überprüfen, wie lange es noch dauert, bis man wieder duschen kann. Da sind nur noch ein paar leise Blitze, die in der Ferne verblassen. Im Grunde wie du vorhin, sehr viel Lärm und dann ist es plötzlich ziemlich ruhig.

Da war ein Gewitter über der Stadt. Vor meinem Fenster ging gerade die Welt unter, schreiben die Leute im Internet. Und hinter meinem Fenster auch, denke ich. Draußen ist die Luft frisch gewaschen, sie hängt jetzt zum Trocknen an den Strommasten und Oberleitungen der Stadt. Alles ist geklärt, jetzt gilt es wieder, abzuwarten und stolz und aufrecht zu gehen. Bis zum nächsten Gewitter.

Kannst du

kannst du mich
da mal bitte kratzen?
es ist dringend.
ja,
warte,
da.
noch ein bisschen
höher.
da direkt neben dem
punkt.
dem anderen punkt.
ja, dem.
ein bisschen noch nach
oben.
ah, ja.
ja, genau da.
danke.

das ist keine lyrik.
das juckt wirklich.

Die Zukunft des Fußballs

»Meine Damen und Herren, hallo und herzlich Willkommen also jetzt hier aus dem *Signal Iduna Park* zum Spitzenspiel 1. FC *Coca Cola* Köln gegen den BVB *Billabong-Veltins-Bosch*-Dortmund. Ich verrate nicht zu viel, wenn ich sage: Heute erwartet uns ein Spitzenspiel, es geht immerhin um den großen *Mediamarkt*-Pokal und einen 250 Euro-Gutschein für das *Obi GartenCenter*. Da lohnt es sich, die Sportschuhe zu schnüren.

Wir werfen einen Blick auf die Spieleraufstellung – direkt zu erkennen: Alle sind da. Alle haben Bock. Die Aufstellung wird Ihnen präsentiert von *Viagra*, wir erleben keine Überraschungen, der einzige Name, der neu ist auf der Liste, ist der Name des Dortmunder Torwarts. Der ist aber für die meisten von Ihnen kein Unbekannter: Heute für die Schwarz-Gelben im Tor also Maskottchen Emma, die überdimensionierte Plüschbiene. Das wird interessant, immerhin betreut sie zeitgleich den großen Merchandise-Stand, an dem gerade noch Trainer Favre für die Fans Handtücher bestickt.

Und da gibt der Schiri auch schon das Signal zum Anpfiff. Heute kein keckes Geräusch aus der Trillerpfeife, heute kommt der Startschuss direkt aus dem Handy des Schiris – »Anpfiff« heißt der neue Song von Andreas Bourani, den sich jetzt alle zusammen 3 Minuten und 45 Sekunden geduldig anhören. Jetzt für Sie auch zum Download in unserer Mediathek. Klicken Sie sich rein!

Und da geht es auch schon los. Aber was passiert da? Das Spiel nimmt schnell Fahrt auf, der 1. FC *Coca Cola* Köln überrennt da den *Billabong-Veltins-Bosch*-Verein und steht nach nur zwei Minuten dicht vorm gegnerischen Tor. Biene Emma verteilt gerade noch drüben am Merchandise-Stand Klebetattoos an Grundschulkinder und da klingelt es auch schon in ihrer Wabe, ich meine, im Tor der Dortmunder. Völlig ohne Gegenwehr kann Hector hier die Murmel über die Torlinie spazieren. So sieht es aus, das Ganze, die Kölner gehen mit einiger Leichtigkeit in Führung. Die Führung wird Ihnen präsentiert vom Kölner Tourismus-Verbund »Stadtführungen und museale Plauderein e. V.«. 0:1 also für die Fußballfreunde aus der Domstadt.

Die Dortmunder jetzt in Zugszwang. Trainer Favre verteilt *Actimel* an der Seitenlinie. Denn *Actimel aktiviert Abwehrkräfte*. Ob das helfen kann? Biene Emma immer noch ein wenig in Schräglage. Ihre Hände können auch den nächsten Ball nicht halten, das ist allerdings auch schwierig, wenn man gleichzeitig mit acht BVB-Fähnchen wedelt. Da also das 0:2 für die Kölner, souverän eingetütet von Simon Zoller. Das Spiel gerät aus Sicht der Heimmannschaft hier schnell außer Kontrolle.

Damit Ihr Leben nicht außer Kontrolle gerät: Hoffentlich *Allianz* versichert! Lassen Sie sich jetzt auf den Stadiontoiletten von Ihrem Versicherungsvertreter des Vertrauens kostenlos und unverbindlich beraten. Für nur

99,99 Euro monatlich, lebenslang. Eine Unterschrift für eine bessere Zukunft! Zögern Sie nicht, schlagen Sie noch vor der Halbzeitpause zu.

Zuschlagen ist ein gutes Stichwort. Unten auf dem Platz gibt es gerade ein kleines Gerangel. Reus schubst Risse zu Boden. Der schlägt sich sein Knie auf. Kein Wunder bei diesem Boden, heute nämlich kein Fußballrasen im Stadion. Der Bodenbelag wird präsentiert von *Bauhaus*, 10.000 Quadratmeter Palazzo Metallic Mosaikfliesen. Das kann auch ganz schön wehtun. Hier nochmal das Foul in der Zeitlupe, präsentiert von *Hansaplast* – Ihrem Pflaster für das große Aua. Der Schiri erteilt eine Verwarnung, die gelbe Karte für Reus. Ebenfalls gesponsert von *Bauhaus*, es handelt sich dabei um die Farbe Savannengelb aus der Teppichabteilung. Hier für Sie in der Nahaufnahme. Wählbar in Sisal- oder Kurzflor-Optik. Je nach eigenem Kuschelbedürfnis.

Wir schauen auf den Spielstand. Immer noch 0:2 für die Gäste aus Köln. Das Spiel läuft weiter. Dortmund jetzt sehr dicht im eigenen Strafraum. Die Spieler stehen eng beieinander, kaum Bewegung nach vorne. Und was passiert jetzt? Ah, das Spiel wird kurz unterbrochen für ein Gruppenfoto. Das muss man ausnutzen, wenn alle schon mal so dicht beieinanderstehen. Da kann man vielleicht direkt ein Foto machen. Denkt sich auch *Kodak*. Jetzt werden ein paar Fans mit dazugewunken. Sie erinnern sich vielleicht an die Verlosung vor Spielbeginn. In der Nahaufnahme auch deutlich zu erkennen: Hier schwitzt keiner unter den muskulösen Ärmchen. Die trockenen Spielerachseln werden Ihnen präsentiert von *Rexona* – und der Schweiß ist abgehakt!

Da kann man schon mal applaudieren. Immerhin heute 34 Grad über der Dortmunder Südstadt. Das Wetter wird zur Verfügung gestellt von *wetter.com*, die Sonne ballert wirklich gehörig von oben auf die Spieler hinab. Da kommt die Halbzeitpause gerade recht.

Jetzt also zurück aus der Pause, es gab eine kleine Verzögerung, weil der Elefant sich nicht so einfach aus dem Stadion hinausgeleiten ließ. Ich hoffe, Ihnen hat die Show gefallen. Es liegt noch ein bisschen Konfetti auf den Fliesen von der Performance unseres letzten *DSDS*-Gewinners, dessen Namen wir uns vorerst nicht merken müssen.

Bisher noch kein Spieler auf dem Platz, der Schiri spricht mit den beiden Trainern. Es scheint auch hier eine zeitliche Verzögerung zu geben. Jetzt die offizielle Mitteilung: Die zweite Halbzeit wird um dreißig Minuten verkürzt, die Spieler wollen rechtzeitig zur neuen Staffel *Big Bang Theory* zu Hause sein. Dafür natürlich großes Verständnis auf den Rängen. Applaus von der Tribüne. Und Erleichterung in den Gesichtern der Fans.

Jetzt also nur noch eine Viertelstunde zu spielen. Da heißt es für Favre: noch einmal zaubern. Es gibt den ersten Spielerwechsel. Risse mit seiner Knieverletzung verlässt den Platz und für ihn kommt – keine Überraschung, er macht sich ja bereits am Spielfeldrand warm – Matthias Schweighöfer. Der bringt diese Woche seinen neuen Film, nee, sein neues Album, nee, sein neues Buch raus und für ihn gibt es nun fünfzehn Minuten Screen-Time. Die hat er sich verdient, die stehen ihm doch sicherlich zu. Er hat sein Produkt auch direkt mitgebracht und betritt lesend den Platz. Was für eine Performance! Das Buch ist gelb und es sind Wörter darin, so viel kann ich von hier oben sagen. Kaufen Sie es einfach, wenn Sie mehr wissen wollen.

Und das Spiel läuft weiter. Viel Bewegung im Mittelfeld, sehr viel Bewegung im Mittelfeld, alle Spieler befinden sich jetzt an der Mittellinie, was ist da denn los? Schwer zu sagen, was sich da unten tut. Der Schiri lässt laufen. Die Kamera holt die Szene näher heran und jetzt ist es deutlicher zu erkennen: Bastian Schweinsteiger ist aus dem Nichts aufgetaucht und hat am Abstoßpunkt einen *funny-frisch*-Probierstand eröffnet. Das ist großer Fußball, das ist eine beeindruckende Geste! Dafür gibt es Standing Ovations vom Publikum. Gänsehautstimmung hier im Stadion. Pietro Lombardi singt »You Never Walk Alone« und es fließen die ersten Tränen. Das ist Atmosphäre, das ist Fußball!

Die letzten Minuten laufen, jetzt aber nochmal voller Einsatz vom *Billabong-Veltins-Bosch*-Verein. War es das für die Schwarz-Gelben?

Aber nein, da tut sich etwas am Spielstand. Ah, ich bekomme gerade die Nachricht rein, der Spielstand wurde korrigiert. Es steht nicht mehr 0:2 für den 1. *Coca Cola* Köln, sondern 2:3 für die Gastgeber. Soeben wurde in der VIP-Lounge großzügig zusammengeschmissen und für 300.000 Euro wurden drei neue Tore gekauft. Das kam in letzter Minute, die Erleichterung auf den Rängen ist spürbar. Unten applaudieren die Spieler für diesen Einsatz von den Fans. Das war eine ganz knappe Kiste, aber der Sportsgeist hat gesiegt. Der Sportsgeist hat gesiegt, meine Freunde.

Und mit diesen positiven Emotionen verabschiede ich mich jetzt und entlasse Sie in die Bilder von der Siegesfeier, live aus dem *Media-Markt* in der Dortmunder Nordstadt. Viel Spaß und vielen Dank!«

Wohnungssuche

»Sandra, kannst du noch einen Schabracken-Tapir bei dir aufnehmen?«, fragt Wiebke flehend.

Ich weiß nicht, was sie mit »noch einen« meint, aber ich erinnere mich, letztens im Hausflur einem merkwürdigen Hund begegnet zu sein. Ich habe Wiebke bereits mehr als ein Mal gesagt, dass ich nicht bereit bin, mich um ihre Tiere zu kümmern. Nachdem ihrem Vermieter aufgefallen ist, dass Wiebke im dritten Stock ihres Wohnblocks einen Selbstversorgerhof betreibt, ist alles ziemlich schnell gegangen.

»Erst hat er bei mir absurd viel Honig gekauft und dann gab es die Kündigung«, erklärte Wiebke zerknirscht. »Ich muss hier schnellstmöglich raus!«

»Du kannst auf meiner Couch schlafen«, habe ich versichert. »Aber da ist kein Platz für das Kamel!«

Seitdem hatte Wiebke mir stündlich Fotos geschickt, um mir eines ihrer Tiere vorzustellen.

»Das ist Rico. Rico ist fast stubenrein. Schau nur, wie nett er guckt!«

Rico guckt wirklich nett, aber ich möchte einfach kein Schaf in meiner Wohnung haben. Auch zu Boris habe ich

»Nein« gesagt. Genau wie zu Bärbel, Ludo, Schranz, Turbopeter und Lulu.

Jetzt wohnt Wiebke also bei mir. Genauer gesagt wohnt Wiebke bereits seit sieben Wochen bei mir. Sieben Wochen, das sind zwei Hamsterschwangerschaften. Und neunundvierzig Morgen, an denen Wiebke mir versichert, dass sie bald wieder auszieht.

»Heute finde ich eine neue Wohnung«, erklärt Wiebke am Frühstückstisch. Und ich weiß, dass das nicht stimmt, denn es ist tatsächlich unmöglich, in dieser Stadt einfach so eine neue Wohnung zu finden.

»Kannst du mich später zu einem Besichtigungstermin fahren?«

Ich war in meinem Leben schon auf unzähligen Wohnungsbesichtigungen. Es ist immer das gleiche Spiel: eine interessante Wohnungsanzeige im Internet, 1.248 Bewerber und ein Vermieter, der sich am Ende nicht für dich entscheidet. Warum auch? Die Auswahl ist viel zu groß. Und es ist absurd, was man heutzutage alles tun muss, um in einer Großstadt bezahlbaren Wohnraum zu finden. Jede Wohnungsbesichtigung wird von einem achtstufigen Bewerbungsverfahren begleitet. Es reicht nicht mehr aus, zu sagen: »Ich kann mir sehr gut vorstellen, in dieser Wohnung ein glückliches und ruhiges Leben zu führen.«

Nein, der Vermieter interessiert sich für dein Sternzeichen, deine Hobbys, für deine Blutgruppe und für das Gesamtgewicht der jemals von dir verspeisten Zitrusfrüchte.

»Es ist mir wichtig, dass meine Mieter lange leben«, sagt er dann. »Der Körper braucht viel Vitamin C, um gesund zu bleiben!«

Potenzielle Mieter, die älter sind als 48 Jahre, werden häufig schon am Telefon abgewimmelt, mit dem Hinweis, dass sich ein Umzug in dem Alter auch nicht mehr lohnen würde. Irgendwann entscheiden nur noch Nuancen. Ein Bekannter von mir hat eine Wohnung nicht bekommen, weil er in einem Nebensatz erwähnt hat, dass sein Vater Schalke-Fan ist. Ich wurde zu einer Wohnungsbesichtigung wieder ausgeladen, weil der Vermieter auf meinem *Facebook*-Profil entdeckt hat, dass ich als Jugendliche einmal Mitglied einer Blockflöten-Gruppe war.

Aber das ist okay, denn die obligatorische Selbst- und SCHUFA-Auskunft, eine horrende Ablösesumme für Küchenmöbel, zwei Vorstellungsgespräche und siebzehn selbstgebackene Käsekuchen später heißt es sowieso wieder: »Wir haben schon jemanden gefunden.«

Denn natürlich hat man das! Da draußen gibt es immer ein/e Marvinmareike, der/die besser in diese 65-qm-Altbauwohnung passt als du. Ich habe das schon durch. Die Wohnungssuche lässt einen verzweifeln. Man weint oft und trinkt unangemessen viel Rotwein. In einer besonders schwachen Stunde erwischt man sich dann dabei, wie man bei *Google* nach »Haus selber bauen, aber bitte nicht zu kompliziert« sucht und auf Grundstücke in Mecklenburg-Vorpommern bietet.

Dieses ganze Wohnkonzept ist ohnehin schwierig. Als potentieller Mieter strengt man sich wahnsinnig an, um einen fremden Menschen zu überzeugen, dass man ihm Geld zahlen darf für ein paar Quadratmeter Lebensraum. Man stelle sich nur vor, dass in anderen Bereichen ähnlich viel Aufwand betrieben würde. Zum Beispiel in der Hotellerie: »Wir haben heute Nacht leider nur noch ein Zimmer frei. Um herauszufinden, ob Sie dieses Zimmer buchen können, beantworten Sie uns bitte folgende Fragen: Essen Sie im Bett manchmal Schokolade? Klauen Sie hin und wieder Kosmetikprodukte aus Hotelbadezimmern? Wie viel Euro sind sie bereit, für die Mini-Bar auszugeben? Würden Ihre Freunde Sie als reinlich bezeichnen?«

Ich glaube nicht, dass das ein Konzept wäre, das sich durchsetzen würde.

»Diesmal wird das auf jeden Fall was«, verkündet Wiebke. »Diesmal muss es klappen!«

»Warum bist du dir da so sicher?«, möchte ich wissen.

»Weil ich mich vorbereitet habe«, erklärt Wiebke stolz. »Die wollen doch nur sehen, dass man das wirklich will. Dass man sich mit der Wohnung identifizieren kann, dass das was Ernstes ist mit einem und dem neuen zu Hause. Und deshalb ...,« Wiebke zieht ihren rechten Ärmel hoch. »Deshalb habe ich mir hier direkt die Adresse hintätowieren lassen. Kannst du das lesen?«

Ich blinzele ungläubig. Wiebke schaut mich erwartungsvoll an.

»Ja, ist noch ein bisschen geschwollen, aber da steht's: Friedrichstraße 11, 2. OG, rechts.«

Ich bin sprachlos.

»Ja, da staunst du! Ich weiß, ich bin kein Mensch, der die Dinge immer zu hundert Prozent durchdenkt, aber diesmal mache ich keine halben Sachen!«

»Ist das dein Ernst?«, frage ich.

Ich weiß nicht, warum ich überhaupt verwundert bin. Wiebke ist schon immer ein wenig über das Ziel hinausgeschossen. Aber Wiebke hat ja auch auf einem Motorrad Fahrradfahren gelernt, da wird man so.

»Natürlich ist das mein Ernst. Ich will diese Wohnung unbedingt haben!«, sagt Wiebke. »Ich zeige dir gerne ein paar Bilder, aber du musst mir versprechen, dass du dann nicht auch interessiert bist.«

Wiebke zeigt mir ein paar Bilder und ich bin auch interessiert. Ich bin kurz davor, mir einen Termin beim Tätowierer zu machen.

»Viel Glück, Wiebke«, sage ich stattdessen am Nachmittag und winke ihr eine Weile nach.

Ich winke sogar ein bisschen länger als unbedingt notwendig. Drei vorbeilaufende Rentner erwidern meinen Gruß.

Wiebke gibt immer alles. Auch wenn sie dabei zu neunzig Prozent große Dummheiten anstellt, imponiert mir ihre Willenskraft. Was ist man bereit, zu tun, für etwas, das man unbedingt will? Ich habe im Leben selten wirklich für die Dinge gekämpft.

»Soll halt nicht sein«, habe ich gesagt und damit gemeint: »Ich strenge mich einfach nicht wirklich an, damit ich hinterher nicht enttäuscht bin.«

Das ist nicht nur feige, sondern im Grunde auch sehr dumm.

Am Abend kommt Wiebke sichtlich niedergeschlagen nach Hause.

»Und?«, frage ich sie.

»Ich habe die Wohnung nicht bekommen«, antwortet Wiebke traurig.

»Hast du denen denn nicht dein Tattoo gezeigt?«

»Doch, aber die waren nicht so beeindruckt. Ein paar andere hatten nämlich die gleiche Idee.«

Ich nehme Wiebke sehr lange in den Arm und irgendwas in mir ist merkwürdig erleichtert, dass sie doch noch ein wenig länger bleibt. Dass sie morgens am Küchentisch auf mich wartet, dass sie mir manchmal noch Fotos von Boris, Lulu und dem zweiten Tapir zeigt. Dass sie einfach da ist.

»Bleib, so lange du willst«, sage ich. »Aber versprich mir, dass du dir nie wieder ein Tattoo stechen lässt.«

»Abgemacht.«

Du hast da was (III)

- Jetzt weg?
- Nee, ist immer noch da.
- Jetzt?
- Nee.
- So funktioniert das nicht. Kannst du vielleicht mal mit dem Finger ...?
- Ich pack dir doch nicht in den Mund!
- Nicht in den Mund, an die Zähne.
- Nimm doch die Gabel!
- Was soll ich denn mit der Gabel? Ich sehe ja nichts.
- Trink doch einfach mal was!
- (*trinkt*) Weg?
- Nee, ist noch da.
- (*trinkt energischer*) Jetzt?
- Immer noch da.
- Ich gehe jetzt auf die Toilette.

Frische Luft

»Kind, geh mal an die frische Luft!«, hat meine Mutter gesagt.

Und ich frage mich, wie frisch diese Luft eigentlich ist, in die man da geht. Denn im Grunde ist die ja schon länger da. Die ist bereits sehr viel länger da draußen als irgendwer sonst, den ich kenne. Diese Luft ist da schon seit 350 Millionen Jahren, wenn man exakt sein möchte. Und da kann man ja nun wirklich nicht mehr von »frischer« Luft reden.

Diese Luft hat schon richtig was erlebt. In dieses Gasgemisch hat vor 230 Millionen Jahren bereits ein frecher Triceratops gepupst, da hängt der Mundgeruch von Aristoteles, Shakespeare und Napoleon zwischen den Wolkenbahnen, da streift einen der nikotingeschwängerte Atem von Helmut Schmidt, das spuckehaltige Gelächter eines Christoph Kolumbus, da hat Goethe reingeniest, da hat Queen Victoria reingehustet, da kondensiert noch der Schweiß von Muhammad Ali. Es duftet nach längst vergangenen Festmahlen, es riecht nach Krieg, nach Sex, nach Spargelpipi, nach abgestandenem Bier, nach nassem Mammutfell, nach trockenem Laub, nach Alkoholfahnen und Billigparfum.

Die Luft da draußen wiegt fünf Billiarden Tonnen. Fünf Billiarden Tonnen, die sich gegen mein Fenster drücken. Fünf Billiarden Tonnen, die mich umarmen, wenn ich meine Haustür öffne und nach draußen gehe. Ich habe es genau nachgelesen: Da sich der Druck in alle Richtungen gleichmäßig verteilt, lasten auf jedem Menschen ungefähr 17.000 Kilogramm. Das sind drei Orcas. Dreimal Free Willy auf meinen Schultern. Wenn man dieser Rechnung glauben darf, bin ich ein verdammter Superheld.

Man sagt, Draußensein sei gesund. Draußensein ist der heiße Tipp unter den *Jack Wolfskin*-Jacken-Trägern und *Apotheken Umschau*-Lesern. Draußensein ist das Alltags-Abenteuer für jeden Sofalümmler und Büroyuppie. Wenn man draußen ist, ist da sehr viel Himmel, unter dem man wachsen kann. Die Gefahr, sich den Kopf zu stoßen, ist sehr klein. Die Gefahr hingegen, von einer sehr frechen Mücke genau auf den vier Quadratzentimetern des Rückens gestochen zu werden, an denen man sich nicht selber kratzen kann, ist sehr groß. Dass mit der Natur ist grundsätzlich ein echtes Wagnis.

Ich habe das mit dem Draußensein irgendwann verlernt. Es muss irgendwo auf dem Weg zwischen Pubertät und Erwachsensein passiert sein. Als man nicht mehr an jedem Spielplatz anhalten musste, um die Rutsche zu testen. Als Stöcke plötzlich nur noch Stöcke waren und keine Schwerter oder Zauberstäbe. Als man anfing, Matschpfützen auszuweichen, anstatt mitten hineinzuspringen. Als man die Natur plötzlich mehr auf Bildschirmen sah als im echten Leben. Da fing es plötzlich an, schwierig zu werden.

Als Kind war das Leben im Freien viel einfacher. Da stand man nachmittags mit unruhigen Füßen an der Klingelanlage vom Haus gegenüber, hat nach Daniel oder Lily gefragt und sich dabei ungeduldig die wunden Knie gerieben. Diese schorfigen Knie vom ständigen Hinfallen, weil man alleine heute siebzehn Mal beim Fangenspielen gestolpert ist und dabei mit den Händen in etwas gegriffen hat, von dem man nicht mit aller Sicherheit sagen konnte, ob es sich dabei um Matsch oder Hundekot gehandelt hat. Und über diesen schmerzenden Knien ein Mensch, der in fünfzehn Jahren traurig den Kopf schüttelt über all die kleinen Narben, die das Rumtoben an den Beinen hinterlassen hat, weil Rumtoben eben nichts mehr zu tun hat mit diesem Businessoutfit, in dem der Körper jetzt steckt. Denn in der Zwischenzeit ist eine Menge passiert, was immer noch viel mit Hinfallen und Aufstehen zu tun hat, aber weniger mit Fangenspielen.

Die Dinge, die man früher draußen gemacht hat, unterscheiden sich grundlegend von den Dingen, die man heute draußen macht.

Aktivitäten, die Kinder draußen machen: Hüpfburg, Fangen, Verstecken, Sandkasten, Rutschen, Schaukeln, Marienkäfer kaputttreten, Wasserpistole, Wassereis, Buddeln, Herumwälzen, Purzelbaum, Katzenkacke zu Sandkuchen verarbeiten, Planschbecken, Bälle in unterschiedlicher Form und Farbe herumwerfen, Brüllen und Quietschen, und all das nur, WEIL sie daran Spaß haben.

Aktivitäten, die Erwachsene draußen machen: Rasen mähen und Hecke stutzen, WEIL die Nachbarn dann denken, dass man sein Leben im Griff hat.

Herumliegen und sich bräunen, WEIL dann später jemand kommt und sagt: »Wow, du siehst ja so erholt und gesund aus! Toll, superklasse, oberknorke!«

Fahrrad fahren, Joggen oder Walken, WEIL das gut für den Körper ist.

Auto fahren, WEIL das drinnen schlecht geht.

Leute auf der Straße grüßen, WEIL dann alle sehen, dass man beliebt ist, und das die Chancen steigert, dass man doch noch irgendwann Bürgermeister wird.

Zu einem Termin gehen, von einem Termin kommen oder für einen Termin in einem Café sitzen und sich ärgern, wenn es windet, die Sonne zu doll scheint oder es anfängt, zu regnen, WEIL das nun mal so ist.

Ich finde also nicht, dass man behaupten kann, dass die Welt da draußen so einfach ist. Zumindest nicht, wenn man älter als 12 Jahre ist. Jetzt gerade ist es Sommer und ich bin älter als 12 Jahre. Die Hitze liegt wie Schmelzkäse über der Stadt, hat sich in ihre Ritzen gedrückt, verstopft Straßen und U-Bahn-Schächte. Das Atmen fällt schwer, die Luft ist nicht mehr frisch, ich bin nicht mehr frisch und es fehlt mal wieder an Wassereis. Es fehlt ständig an Wassereis. Drüben, im Park, sind die Bäume mit der Photosynthese beschäftigt, sie wirken ganz faul, wie sie da herumstehen und sich leise im Wind wiegen. Und dann dieses bisschen neuer Sauerstoff gegen das ständige Atemholen.

Ich stehe also da, in dieser verdammt alten Luft, diesem olfaktorischen Erinnerungsalbum, und atme tief ein. Es riecht nach diesem Vanilla-Kiss-Deo, das ich mit fünfzehn ein wenig zu exzessiv benutzt habe. Es riecht nach den Weihnachtsplätzchen aus dem Winter 2009, die so dramatisch im Ofen verbrannt sind. Es riecht nach diesen 435 Geburtstagskerzen, die ich bis jetzt auspusten durfte. Es riecht nach der ersten Zigarette, die ich hustend ausgespuckt habe, der frischen *Edding*-Schrift auf meinem Fe-

dermäppchen, der Sonnencreme im Gesicht meiner Kindheit, dem Zahnpastarest an meinem Spiegel. Nach diesem
alten *Wrigleys*-Kaugummi, auf dem du gekaut hast, bevor
sich deine Lippen zu unserem ersten Kuss öffneten. Und
vielleicht ist es wahr, dass wir nie schöner waren als in
diesem einen Sommer unter freiem Himmel, mit dieser
Handvoll Sonne im Haar und fünf Billiarden Tonnen Luft
auf unseren Schultern.

Und plötzlich ist da ein frischer Wind in meinem Kopf.
Ich werde mir ein Wassereis kaufen. Und dann werde ich
nach draußen gehen, nur zum Spaß, und vielleicht klingele ich bei irgendwem und frage, ob er Lust hat, mit mir
17.000 Kilogramm Luft zu tragen. Das klingt nach einem
guten Plan.

Internet

Ich habe kein Internet hier im Zug, ansonsten gibt es aber von allem zu viel: Da ist der Geruch von leicht angetrocknetem Mettbrötchen aus der Bahnhofshalle, vorhin, siebenundvierzig Minuten vor Abfahrt, das Geschrei eines Babys, das vor ein paar Sekunden gekackt hat, ein Rentner, der offenbar keinen Geschmack hat, denn er liest gierig die *Bild*-Zeitung und das sollte man lassen.

Kein-Internet-Haben, das ist schlimm heutzutage. Kein-Internet-Haben ist das neue »Ich habe nichts zu essen und zu trinken, ich wurde heute Morgen gekündigt, alle meine Freunde hassen mich und ich bin mit dem großen Zeh richtig böse vor mein Bett gelaufen«. Kein-Internet-Haben ist vielleicht das größte First-World-Problem von allen.

Ich habe also kein Internet hier im Zug, was vor allem daran liegt, dass wir gerade durch Niedersachsen fahren, und auch ein bisschen daran, dass irgendwer mir einen großen Gefallen tun möchte. Denn plötzlich bin ich dazu gezwungen, aus dem Fenster zu schauen und mir ganz eigene private Gedanken zu machen, in meinem Kopf, so richtig, mit Grübeln und Fantasie.

Ich bin die Generation Bildschirm. Die Generation *Windows 95*. Die Generation *MySpace* und *ICQ*. Die Generation *Facebook*. Die Generation »Hat mal jemand ein Ladekabel? Nein, das passt nicht, warte, das könnte passen. Nee, das ist auch zu klein. Hat jemand vielleicht eines mit einem größeren Anschluss? Ah cool, danke dir!« Ich bin die Generation »Wir haben uns im Internet kennengelernt«.

Ich habe vieles im Internet kennengelernt. Ungefähr 95 Prozent der Dinge, die ich glaube zu wissen, habe ich aus dem Internet:

Wie man eine Weinflasche öffnet, ohne sich lebensgefährlich zu verletzen – weiß ich aus dem Internet.

Wie man sehr viel Lebenszeit verliert, indem man nach witzigen Tiervideos googelt – weiß ich aus dem Internet.

Wie unglaublich niedlich Wombats sind – weiß ich aus dem Internet.

Ich habe das Internet groß werden sehen. Ich bin einer dieser Augenzeugen, dessen Namen in sechzig Jahren auf einer Bauchbinde im Fernsehen erscheint, wo dann steht: Sandra Da Vina, 89 Jahre alt, hat noch eine *AOL*-E-Mail-Adresse. Und ich habe noch eine *AOL*-Email-Adresse.

Als Kind habe ich meinen Vater dabei beobachtet, wie er den ersten Computer mit nach Hause brachte. Ein Gerät, das aussah wie eine sehr bedauerliche Mikrowelle oder ein Fernseher, den man zu heiß gewaschen hat. Es sah nicht aus wie etwas, das unsere Zukunft bestimmen würde. »Internet ist just a hype«, hat Bill Gates 1995 gesagt und man hat eine Idee, wie er darauf kommt, wenn man bedenkt, wie Internet 1995 noch geklungen hat.

Dieses steinzeitliche Internet, das mich immer ein wenig an das Geräusch einer Modelleisenbahn erinnerte, die

Modelleisenbahn meines Großvaters, kurz nachdem sie entgleist ist und dabei das kleine Bahnhofsgebäude traf, das trotz reichlich Uhu nie wieder gerade stehen würde. Dieses Internet, das gerumpelt und gerauscht hat, das taumelte und in dem Leute Dinge sagten wie: »Rofl«, »Lol« und »Cya«.

Dieses Internet, das plötzlich laufen lernte, das wirklich ging, schneller und schneller, bis es rannte. Mit diesem Stecker, den meine Mutter manchmal zog, um mich zu bestrafen, weil ich widersprochen oder etwas anderes getan hatte, das erahnen ließ, dass ich irgendwann einmal schwer straffällig werden würde. Und da meine Eltern keine Lust hatten, mich im Gefängnis zu besuchen, wurden mir Grenzen gesetzt.

Damals, 2002, als man glaubte, dass das Internet alle Grenzen auflöst, als man von einem »global village« sprach, in der Annahme, dass es die Welt schrumpfen lässt zu einem Ort, an dem alle Menschen zusammenkommen, um an einem digitalen Lagerfeuer Geschichten und Wissen zu teilen.

Aber aus diesem Lagerfeuer ist irgendwann ein Flächenbrand geworden. Aus den Geschichten wurde plötzlich immer mehr Hetze, aus dem Wissen Fake-News. Und dann, die Erkenntnis, dass dieses »global village« nicht viel mehr ist als eine dreckige Eckkneipe in einer Großstadt aus verlorenen Seelen, in der es nach Rauch riecht und nach Pisse, nach Lügen und abgestandenem Bier. Da drüben, der *Facebook*-Stammtisch, da wird viel gebrüllt, ich verstehe nicht alles, manches sind mehr Laute als Worte. Eine Menge wütender Smilies anstelle von Köpfen. Daneben der *YouTube*-Treff, die *SpiegelOnline*-Community, die

FAZ-Kommentarspalte. »Ausländer raus!«, brüllen sie. Wo Frauen immer öfter »dumme Schlampen« sind und Andersdenkende »erschossen« gehören.

Wann sind all die Menschen nur so schrecklich wütend geworden? Wo kommt all der Hass her? Als gäbe es eine Vertragsklausel beim Abschluss mit dem Internetanbieter, in der steht: »Vielen Dank, dass sie sich für das Produkt Internet entschieden haben! Bitte beachten Sie: Im Internet gelten nicht die üblichen Regeln der Rechtschreibung, hier werden Beleidigungen anstatt Satzzeichen benutzt. Sagen Sie hier einfach alles, was Sie sich im echten Leben nie trauen würden! Denn hier, im Internet, finden Sie immer einen Idioten, der Ihre rassistische und sexistische Kackscheiße liket. Für nur 19,95 Euro im Monat!«

Jeder hier ist ein verdammter Professor, aber keiner hat wirklich Ahnung. Hier, wo Revolution bedeutet, einen Post der AfD zu liken. Wo politischer Widerstand sich in Memes ausdrückt. Wo die neue Währung Aufmerksamkeit ist. Und da ist jedes Mittel recht.

Denn
jeder Tweet gibt nen Klick,
jeder Coin ist ein Bit,
jeder Swipe ist ein Fick,
jeder Beat ist ein Hit,
jeder Like gibt nen Kick,
jede App schneidet mit,
jedes Selfie ist schick,
jeder Buzz gibt Profit,
jedes Pic hier ist lit,

jedes Gif ist ein Schritt
weiter Richtung Maßlosigkeit,
und ich vermisse diese Zeit,
in der das Internet noch klang wie eine Modelleisenbahn.
Jetzt entgleisen hier Diskussionen. Jetzt rauscht die
ganze Welt. Und ich sehne mich danach, dass mal
irgendjemand zu irgendwas keine Meinung hat.

Und ja, das Internet ist ein grenzenloser Raum. Das Internet verbindet Menschen über Kontinente. Das Internet bietet unendliches Wissen, das Internet hat mein Leben verändert Aber manchmal wünsche ich mir wirklich, dass meine Mutter allen mal für ein paar Wochen den Stecker zieht.

Und eins ist sicher: Ich fahre jetzt öfter Zug durch Niedersachsen. Denn das fühlt sich zur Abwechslung wirklich wie Freiheit an.

Ode an die Worte

Das hier ist ein Liebesbrief an den Liebesbrief,
an jedes Wort, das mit der Liebe schlief,
das sich mit der Ehrlichkeit verschwistert,
das raunt, säuselt und wispert,
das sich leise heranschleicht
und doch ganz heranreicht
an die Reden mächtiger Leute,
das sich verbürgt, für das Hier und das Heute,
das im Jetzt geschieht
und, eh man sich's versieht,
auch schon verfliegt.

Seit ich ein Kind war, bin ich sprachverliebt,
falls es das gibt, demnach geschieht
hier eine Ode auf die guten Worte:
aufs Fabulieren und Bekennen,
aufs Parlieren und Benennen,
aufs Offenbaren und So-Meinen,
aufs Bejahen und Verneinen.

Denn nicht alles, was in dieser Welt gesprochen,
verdient Zustimmung.
Worte sind eben immer auch streitbar,
manche von ihnen sind wohl nur zum Schein wahr,
Worte berühren, treffen einen hier und da,
egal, ob man geduscht hat,
sie kommen einem nah,
sind der Stille Gefahr,
sind, was der Wille gebar,
sind des Zorns und der Freudnis
ein mündliches Zeugnis,
das uns enttarnt oder schmückt,
das uns kränkt und beglückt.

Worte können tätscheln und trösten,
mancher Tage sind die kleinsten Worte die größten,
sag ein keckes »Hallo!« oder ein freundliches »Danke!«,
so ein nettes Wort, das ist wie Medizin für Kranke,
heilsam, ein gesprochener Balsam,
das zu Hause für Infos und Wissen,
in jeder Geschichte bilden sie die Kulissen.
Sprache ist mächtig, gleich dem, der sie spricht.
Also Vorsicht, auf dass man das Wort nicht bricht!

Ich denke da an das Internet,
an die wirren Kommentarspalten,
in denen böse Stimmen ihr Geschriebenes für wahr halten,
ich denke an wilde Gerüchte, an ungezähmten Hass,
wo Hysterie laut wird in einem beschämenden Maß.

Der hat so ein teures Handy und eine schicke Hose!
Die sind doch alle kriminell und ihr Mundwerk ist lose!
Es ist gefährlich, da draußen vor meinem Haus,
ich lasse das Internet an, aber ich geh nicht mehr raus!
Glaubt mir ruhig, denn wer schreit, spricht wahr
– ich hab's gesehen, ich war nur nicht da!

Es ist nicht leicht, den Überblick zu wahren,
wo es Verstand und Mut braucht, um den trüben Blick zu
    klaren,
scheint es manchmal, als wäre die Wahrheit längst
    ausgestorben,
und ja, diese Einsicht bereitet mir zurzeit große Sorgen,
aber ich habe den Glauben an Gerechtigkeit noch nicht
    verloren,
ich bekämpfe die Lügerei, bin wie Harry Potters Auroren,
gegen die dunklen Mächte und all die Fake-News-
    Autoren.

Denn es braucht Verstand und Weitsicht,
in einer Welt, die sich mancherorts von Wahrheiten
    freispricht,
muss endlich jemand die richtigen Fragen stellen,
sag nicht nur deine Meinung, nenn auch deine Quellen,
damit Gerüchte nicht mehr zu Tatsachen schwellen.
Denn wo Lügen auf fruchtbaren Boden fallen,
wo Ammenmärchen auf gutgläubige Ohren prallen,
gilt es, wachsam zu bleiben, sich achtsam zu zeigen.

Denn am Anfang war das Wort,
und ihm folgten noch einige mehr,
welch großes Glück
und welch große Verantwortung,
denn was für ein trister Ort
diese Welt so ganz ohne Sprache wär.

Fühl dich wie zu Hause

Besuch zu bekommen, macht mich immer ein bisschen nervös. Ich weiß oft nicht, wie ich mich verhalten soll. Es gibt so viele Fragen, die sich einem stellen: Wie viele Girlanden sind zu viele Girlanden? Zwölf? Muss man Papierservietten bügeln? Laufe ich dem Besuch schon im Treppenhaus entgegen, um besonders sportlich zu wirken? Buche ich zu Unterhaltungszwecken das zehnminütige Feuerwerk oder doch nur den Unterwasserentfesselungskünstler? Ich weiß es nicht.

Es kann sein, dass ich übertreibe. Das liegt in meiner Natur. Ich bin schon seit meiner Geburt übertrieben super. Das überträgt sich natürlich auch auf andere Lebensbereiche. Ich habe große Angst, ein schlechter Gastgeber zu sein. Ich kaufe grundsätzlich zu viel Essen ein. Auf meinem Einkaufszettel steht »2 Tüten Chips«, ich komme mit sieben Kilo Pommbären, drei Eimern Paprikachips, siebzehn Baguettebroten, einem Kubikmeter Sangria und einem mittelgroßen geräucherten Aal nach Hause. Ja, ich habe im Supermarkt Panik bekommen. Mir ist die Sache entglitten, ich habe nicht mehr klargesehen. Das passiert mir oft.

So ein Besuch kann ganz schön stressen. Man muss sich im Klaren darüber sein, dass da plötzlich Menschen an der Tür erscheinen, die auch wirklich hereinkommen wollen. Die unkontrolliert durch die Wohnung geistern und Dinge anfassen, von denen man Angst hat, dass sie kaputt gehen. Die im Badezimmer hinter sich die Tür abschließen und darin allerlei Schabernack anstellen, ohne dass man davon etwas mitbekommt. Die beim gemeinsamen Siedlerspielen gewinnen (Schlimm!). Die später auf dem Nachhauseweg zueinander sagen: »Hast du gesehen, was Sandra für hässliche Gardinen hat? Damit würde ich nicht mal den Boden putzen.«

Sowas passiert dann.

Ich bereite mich also akribisch vor. Allein vier Tage verwende ich auf Putzen und Aufräumen. Meine Wohnung sieht aus, als hätte jemand den Reset-Knopf gedrückt. In meinem Flur kann man ohne Bedenken eine schwierige Herz-OP durchführen. Ein sehr gewissenhafter Meisterdetektiv würde meine Wohnungstür kopfschüttelnd hinter sich zuziehen und sagen: »Nein, hier hat nie ein Mensch gelebt.« Jede Spur meines alltäglichen Lebens habe ich getilgt, selbst in meinem Kleiderschrank liegt kein einziges T-Shirt mehr. Ich habe meine Shampoo-Flaschen versteckt und einen neuen Toilettensitz gekauft. Da ich weiß, wie neugierig meine Besucher sind, ergänze ich außerdem den Wandkalender in der Küche um ein paar beeindruckende Fantasietermine:

Mittwoch, 16:30 Uhr Skydiving mit Fabio
Donnerstag, 15:15 Uhr, VHS Kurs Kürbisschnitzereien
Freitag, 14:00 Uhr, Boris Becker zurückrufen
Samstag & Sonntag, ganztägig: New York.

Ich habe ein wirklich aufregendes Leben.

Wenn man über Gastgeber spricht, muss man zwischen zwei Arten von Menschen unterscheiden: Menschen, bei denen man zu Hause die Schuhe ausziehen muss, und Menschen, bei denen man sie einfach anlassen darf. Ehrlich gesagt bin ich mir nicht sicher, zu welcher Sorte Mensch ich gehöre. Möchte ich, dass meine Freunde in der Wohnung auf Socken herumtapern und sich dabei ein bisschen so fühlen wie Jeremy beim Kinderturnen? Oder bin ich cool damit, dass jeder Gast grammweise Straßendreck in meiner Bude verteilt, sodass es nachts in meinen Träumen immer ein bisschen nach U-Bahn und Hundewiese riecht? Ich habe lange darüber nachgedacht und ich denke, ich habe einen guten Kompromiss gefunden: Ich beobachte einfach sehr genau, was meine Gäste in ihrer Freizeit für Schuhe tragen, notiere mir ihre Größe, und kaufe die gleichen Schuhe dann einfach neu. So hat jeder, der zu mir kommt, seine eigenen Schuh-Pantoffeln. Das war sehr teuer, aber sowas ist die Investition wirklich wert.

Als Gast stelle ich mich da meistens nicht so clever an. Es gibt eine Reihe sozialer Codes, die mir einfach nicht liegen. Zum Beispiel dieser spannende Moment, wenn man bei jemandem das erste Mal zu Besuch ist und an der Tür begrüßt wird mit: »Hallo Sandra, hey! Komm rein, gib mir deine Jacke und fühl dich wie zu Hause!«

Das sind ziemlich viele Forderungen auf einmal. Und was ist bitte mit »Fühl dich wie zu Hause!« gemeint? Was ist das für eine merkwürdige Bitte?

»Fühl dich wie zu Hause!« Ganz ehrlich, das willst du nicht! Wenn ich mich wie zu Hause fühle, ziehe ich mir nicht nur die Schuhe aus, sondern auch meine Hose.

»Fühl dich wie zu Hause!« Das überfordert mich. Was ist denn das für eine schwierige Erwartungshaltung? Was soll ich genau tun? Soll ich Miete zahlen? Möchtest du, dass ich den Müll runterbringe? Sprich doch mit mir! Immer diese Floskeln, die niemand mit Bedeutung füllt. Und hinterher sind alle enttäuscht und sagen: »Es hätte so ein schöner Abend werden können, aber Sandra hat sich einfach nicht wie zu Hause gefühlt!«

Weil Sandra nicht weiß, wie das geht! Soll Sandra für euch neu streichen? Denn das würde der Wohnung wirklich guttun.

Gastgeber zu sein, bedeutet, eine Menge komischer Floskeln zu benutzen wie »Lange nicht gesehen!«, »Das wäre doch nicht nötig gewesen!« oder »Hereinspaziert!«. Als Gastgeber hat man grundsätzlich eine Menge Verantwortung. Man ist gleichzeitig Mutter, Clubbesitzer und Hotelier. Man ist für das Leben aller anwesenden Menschen verantwortlich. Nichts wäre blöder, als dass beim heimischen DVD-Abend jemand tödlich verunglückt. Dass beim Spieleabend irgendein Tollpatsch bei *Twister* einen Genickbruch erleidet. Sowas muss unbedingt verhindert werden.

Ich habe auch ständig Angst, dass ich meine Gäste mit Essen töte. Das würde direkt auf mich zurückfallen. Daher installiere ich gewissenhaft Schilder an den dargebotenen Speisen. Nicht bloß Inhaltsstoffe oder Warnhinweise für Allergiker, nein, ich mache explizit auf die Gefahren aufmerksam, die sich aus dem Konsum meiner Snacks ergeben: »Achtung, die Chips sind ganz schön kross (waren teuer)! Passt auf euer Zahnfleisch auf!« Oder: »Die Möhren bitte gut kauen! Erstickungsgefahr!«

Bevor der Besuch dann endlich kommt, gehe ich kurz

durchs Haus und klingele bei den Nachbarn: »Hallo, ich wollte nur kurz Bescheid sagen, dass Timo und Annika gleich vorbeikommen! Hier ein Foto, damit Sie wissen, wie die beiden aussehen.«

Ich mache das nicht, weil ich damit sagen will, dass es lauter werden könnte. Oder dass sie ihre Wohnungen besser von innen abschließen, weil Timo und Annika manchmal Löffel in der Kantine klauen. Ich sage das, weil ich mir wünsche, dass meine Nachbarn sich in der Zwischenzeit gut benehmen. Und dass sie, wenn sie Timo und Annika zufällig im Treppenhaus begegnen, »Hallo Timo und Annika!« sagen, denn das wäre ziemlich höflich. Ich versuche wirklich, der perfekte Gastgeber zu sein.

Ich bekomme eine SMS. Timo und Annika haben spontan abgesagt, ihr Kind ist krank. Ich wusste gar nicht, dass Timo und Annika ein Kind haben. Jetzt sitze ich also in meiner sehr sterilen 2-Zimmer-Wohnung und fühle mich überhaupt nicht wie zu Hause. Ich habe ziemlich viel Sangria im Kühlschrank und einen unheimlichen, geräucherten Aal. Der Entfesselungskünstler sitzt gefesselt in der Ecke und schaut mich erwartungsvoll an.

»Das wird heute nichts«, erkläre ich ihm. »Möchtest du etwas Aal?«

Der Entfesselungskünstler schüttelt den Kopf.

Vorm nächsten Besuch bin ich entspannter, verspreche ich mir. Da räume ich nicht auf, da dürfen meine Gäste mit ihren Schuhen machen, was sie wollen, und wenn irgendjemand Hunger hat, bestellen wir was beim Italiener.

Und jetzt gehe ich mal bei den Nachbarn klingeln und frage, ob von denen heute schon jemand was vorhat.

Wie ich mal fast ein originelles Interview gegeben hätte

»Und woher nimmst du deine Ideen?«
»Gut, ich muss dann auch los. Tschüs.«

Schrebergarten

Der Schrebergarten ist die Finca des Ruhrgebiets. Diese kleinen Laubenparzellen, mit ihren molchverseuchten Teichen, den Rhabarberbeeten und rotgemauerten Grillecken, in denen Menschen fern jeder textilen Ästhetik knöchel- und rachentief in Aldiletten, Matsch und Pilsbier stehen und sich gegenseitig über die Buxbaum-Hecken hinweg mit einem freundlichen »Hömma!« bezirzen. Und darüber ein Meer aus BVB-, Schalke- oder Vfl-Bochum-Flaggen, die wie Cocktailschirmchen in den Dächern der Parzellen stecken und sagen: »Ja, hier wird manchmal viel geweint. Aber wir kennen uns aus mit Kummer, wir kommen aus dem Ruhrgebiet.«

Als Kind dachte ich, das Ruhrgebiet sei ein Ort, an dem man Urlaub macht. Wo man hinfährt, um sich mal richtig zu erholen. Flitterwochen in Wanne-Eickel, Work-and-Travel in Wattenscheid oder Backpacking in Gelsenkirchen. Aber dann ist mir aufgefallen, dass man vor den Sommerferien zwar sehr häufig die Sätze »Wir fliegen zwei Wochen All-inclusive nach Mallorca!« oder »Dieses Jahr geht es wieder in unser Ferienhaus an die Nordsee!« hört, aber nur sehr selten jemanden, der sagt: »Diesen Sommer geht es für drei Wochen in Oppas Schrebergarten an die A40, schön mal die Mauken in den Teich halten und gucken, ob Nachbar Schulzkowski dieses Jahr endlich seinen Kohlrabi-Ernte-Rekord von 97 einstellt«.

Und wenn ich sage, dass man diesen Satz sehr selten hört, meine ich, dass man ihn exakt einmal hört, nämlich aus meinem Mund, kurz nachdem meine Klassenlehrerin gefragt hat, was unsere Pläne für die Sommerferien sind. Dabei ist das Ruhrgebiet erwiesenermaßen ein hervorragender Ort, um Urlaub zu machen: Es ist kostengünstig, die Leute sprechen eine exotische Sprache und länger als zwei Wochen halten es die meisten dort eh nicht aus.

Es kann also sein, dass ich im Irrtum war, wenn ich annahm, dass die Nächte über Essen-Katernberg denen in Andalusien glichen. Wenn das Grillenzirpen aus der Parzelle von Schulzkowski an heiße Nachmittage auf Kreta erinnerte. Wenn das *Capri*-Eis, das Budenbesitzer Uwe einem mittags aus dem untersten Fach der Gefriertruhe pulte, schon halbgeöffnet, aber immerhin noch fast gelb, schmeckte wie frischgepflückte Orangen aus italienischen Marktkörben. Denn natürlich stimmte das nicht: Die Nächte im Ruhrgebiet erinnern an die Tage im Ruhrgebiet: grau bis schwarz. Das Grillenzirpen aus der Parzelle von Schulzkowski war eigentlich nur das Geräusch von Frau Schulzkowskis rostigem Kugelschreiber, wie er stundenlang über kniffelige Kreuzworträtsel glitt. Und das *Capri*-Eis aus Uwes Büdchen schmeckte nach FCKW und alter Erde. Aber in Oppas Schrebergarten vergaß ich das manchmal.

Als Kind dachte ich lange, dass es nicht Schrebergarten heißt, sondern *Strebergarten*. Ein Ort für Streber, eine kleine Outdoor-Universität für besonders kluge und fleißige Leute, die ihre unfassbar großen und emsigen Gehirne gerne ein bisschen ins Grüne halten, damit da Ideen in ihren Köpfen wachsen. Ich dachte, in Strebergärten gedeihen Zukunftspläne und große Erfindungen. Und wie ich so dasaß, zwischen Radieschen und Zucchini-Beeten, die Umrisse der Zechenlandschaft im Rücken, da dachte ich, dass den Menschen vom Strebergartenverein doch ein grober Fehler unterlaufen sein musste, wenn sie mich hier hineingelassen hatten. Denn die einzigen Ideen, die ich an sonnigen Tagen in meinem Kopf produzierte, waren »Wer drei *Snickers* einbuddelt, wird sechs *Snickers* ernten!« und »Wenn man ein Blech Donauwelle in die Ruhr wirft, ist der Fluss dann verwirrt?«.

Ich war kein wirklich dummes Kind, aber richtig klug war ich auch nicht. Ich wusste, welches Sand-Wasser-Mischverhältnis es braucht, um einen richtig feinen Matschkuchen zu bauen. Ich wusste, dass man sich in der prallen Sonne sehr beeilen muss, ein Wassereis zu essen. Ich wusste, dass Marienkäfer nicht schwimmen können, auch nicht, wenn man sie schubst und brüllt: »Beweg die Arme! Halt den Kopf oben! Was ist denn mit dir? Streng dich mal an, du bist ja eine einzige Enttäuschung!« (So hatte ich schwimmen gelernt).

Und ich wusste, dass es keinen schöneren Ort auf der Welt gibt als diese 60 qm Rasen, Teich und Holzhütte.

Oppa sagte, dass ich eine Prinzessin sei, was auf jeden Fall stimmen musste, weil mein Kopf ständig in Baumkronen hing und zu meinen Füßen die Möhrchen Spalier standen. Mein Oppa sagte, ich bräuchte ein Schloss, und er baute ein Baumhaus, bloß ein paar Bretter in einer Weide, die genau lang und breit genug waren, um dort sitzen zu können und die Beine in der Luft baumeln zu lassen. Von Oppas Baumhaus aus konnte man die Bahntrasse sehen, die hinter der Kleingartensiedlung verlief. Wenn ein Güterzug hier entlangrauschte, und das tat er häufig, konnte man im Dröhnen der Waggons sein eigenes Wort nicht verstehen.

Einmal hat Nachbar Schulzkowski gerade einen Witz erzählt: »Was sagte Gott, als er das Ruhrgebiet erschaffen hat?«

Und noch während die Frage im Raum stand, raste ein Güterzug vorbei und hörte damit zwei Minuten nicht mehr auf. In all dem Lärm, dem Rattern und Schnaufen, das unsere Worte überdeckte, sagte ich dann all die Dinge, die man nicht sagen darf. Ich sagte »scheiße« und »Arsch«, ich sagte »Kackvogel« und ich fühlte mich dabei ganz schön verwegen. Jetzt, wo ich selber im Ruhrgebiet lebe, weiß ich, dass im Ruhrgebiet alle Menschen so reden, als würde andauernd ein Güterzug vorbeifahren und sie keiner hören. Es gibt nichts, was sich im Ruhrgebiet nicht mit einem lyrischen »Wat ne Scheiße!« zusammenfassen lässt. Ehrlichkeit funktioniert hier auch in der Stille ganz gut. Als der Güterzug in der Ferne verschwunden war, hatte Schulzkowski längst seinen Platz am Gartenzaun verlassen und war in seine Laube zurückgekehrt.

Heute fragen mich die Leute, warum ich ausgerechnet ins Ruhrgebiet gezogen bin, wo es doch genug andere Orte auf der Welt gibt, die Dächer und Decken haben, unter denen man nachts warm liegen und atmen kann. Und dass es an diesen anderen Orten vielleicht sogar ein bisschen schön ist, aber zumindest okay, und dann denke ich

an Oppas Schrebergarten und dass ich mich nie freier gefühlt habe als in jenen Tagen. Und vielleicht bin ich doch
ein wenig klüger geworden, vielleicht war auch ich ein
kleiner Streber und habe mehr gelernt, als ich dachte: Ich
habe diese Region lieben gelernt.

Und ja, man hat oft das Gefühl, hier liegt die Kohle nur
unter der Erde und nicht in den Straßen. Aber wisst ihr,
was noch in unserer Erde liegt? Radieschen, Möhren, Rha-
barber und Erbsenschoten. Darüber vier Tischbeine und
eine Platte, auf die man hervorragend Kuchen stellen kann
und Bier, und darüber mein Oppa, wie er über Schulzkowskis Witz kichert. Der geht nämlich so: »Was sagte
Gott, als er das Ruhrgebiet erschaffen hat? – Essen ist fertig!«

Und ich besorge mir jetzt einen Schrebergarten und
dann könnt ihr vorbeikommen. Zum Urlaubmachen, auf
meiner Finca. zu Hause, im Ruhrgebiet.

Dienstag

Heute ist Dienstag, und wenn mir das keiner gesagt hätte, wäre mir das gar nicht groß aufgefallen. Dienstage sind sehr unscheinbare Typen, ein bisschen wie der Monat Februar oder die Farbe Beige. Der Dienstag ist nicht ganz so schlimm wie der Montag, sagen Menschen, die den Montag schon richtig schlimm fanden, weil sie irgendwas gegen ihre Arbeit haben oder gegen das voranschreitende Leben im Allgemeinen.

An Dienstagen stellt man oft verärgert fest, was man an Montagen alles nicht erledigt hat, weil man noch zu betrunken war vom Wochenende oder sich einfach geweigert hat, sich mit der neuen Kalenderwoche auseinanderzusetzen. Dienstage sind wie die Uhrzeit 13:30, es ist noch zu früh, um einfach aufgeben, und zu spät für einen Tagesausflug ins Plettenberger Spaßbad. An Dienstagen werden keine großen Entscheidungen getroffen, an Dienstagen sagt man Dinge wie: »Naja«, »geht so« oder »Nein, ich möchte heute nicht ins Weltall reisen«. Dienstage sind statistisch gesehen Tage, an denen man nicht ins Weltall reist. Dienstage eignen sich allerdings hervorragend dazu, um regelmäßig stattfindende und von der

Krankenkasse mitfinanzierte Zumba- oder Pilates-Kurse zu besuchen. Wenn du jemanden auf die Frage »Wann feierst du deinen Geburtstag?« mit »Dienstag« antwortest, kann es sein, dass der Frager an diesem Dienstag keine Zeit hat, weil er einen Zumba- oder Pilates-Kurs besucht. Oder weil er dich einfach nicht mag. Das ist das Problem mit Dienstagen. Und mit dir.

Der Dienstag ist der einzige Tag in der Woche, der mit einem D beginnt. Vom Donnerstag mal abgesehen, der beginnt auch mit einem D, aber der Dienstag begann schon zwei Tage vorher mit einem D, also ist diese Aussage zumindest bis einschließlich Mittwoch nicht gelogen. Dienstag ist ein Tag, an dem man gewöhnlich Dinge anfängt, um sie dann im Laufe der Woche nicht zu Ende zu bringen. Aus meiner eigenen sehr persönlichen, aber durchaus allgemeingültigen Erfahrung mit dem Dienstag kann ich sagen, dass man Dienstage auch einfach sein lassen könnte. Es würde überhaupt nicht groß auffallen, wenn der Dienstag einfach fehlte. An Dienstagen fragen Menschen besonders häufig, welcher Tag heute ist. Und man könnte ihnen alles erzählen.

Der Name »Dienstag« (mittelniederdeutsch ›dingesdach‹) hat gar nichts mit »Dienst« haben zu tun, sondern geht zurück auf den nordisch-germanischen Gott Tyr, der Gott des Kampfes und des Sieges. Das habe ich nachgelesen und nicht richtig verstanden. Ich weiß nicht, welche Kämpfe man an Dienstagen kämpft und welche Siege man dann erringt, aber mir gefällt der Name »Dingesdach«. Hier, der, na, wie heißt er denn? Dings, der Dingesdach.

Wäre der Dienstag ein Mensch, wäre er jemand, der auf einem Klassenfoto sehr weit hinten steht, obwohl er ziemlich klein ist. Ein Passfoto von ihm würde man kommentieren mit: »Wow, das ist aber ein schöner Hintergrund!«

Würde der Dienstag einen Psychotest in der *Bravo Girl* machen, wäre das Ergebnis »Nein«. Auch auf die Frage »Wer bin ich?« oder »Welcher Beruf passt zu mir?« – »Nein«. Der Dienstag ist wie ein Lehrer mit den Fächern Sport und Kunst: Man kann ihn einfach nicht ernstnehmen.

Aber der Dienstag hat auch seine guten Seiten: Statistisch gesehen werden dienstags die wenigstens Arbeitnehmer gefeuert. Es ist auch sehr unwahrscheinlich, dass man an einem Dienstag am Wochenende arbeiten muss, weil Dienstage nun mal nie auf ein Wochenende fallen. Dienstage sind gute Tage, um stressfrei einkaufen zu gehen. Wenn man eine Woche Urlaub genommen hat, ist man dienstags sehr gut gelaunt, weil noch genügend freie Tage vor einem liegen. An Karnevalsdienstagen ist man erleichtert, weil das Elend endlich vorbei ist. Viele berühmte Persönlichkeiten sind an einem Dienstag geboren: Elvis Presley, Martin Luther King, Sigmund Freud, Karl Marx und Wolfgang Amadeus Mozart. Der Dienstag ist demnach nicht zu unterschätzen.

Also, unternehmt mehr tolle Dinge an Dienstagen! Sagt ruhig mal den Zumba- oder den Pilates-Kurs ab, nehmt euch einen Tag Urlaub und genießt den unterschätztesten Tag der Woche. Damit endlich mal jemand sagt: »Ich freue mich schon voll auf Dienstag«. Denn das hätte der sich wirklich mal verdient.

Flohmarkt

»Du musst dringend mal aussortieren«, hat mein Freund gesagt. »Was willst du denn mit dem ganzen Zeug? Das brauchst du doch alles gar nicht mehr.«

Und weil ich tief in mir drin wusste, dass er damit recht hatte, bin ich ins Internet gegangen und habe mich bei einem Flohmarkt angemeldet. Old school, unter freiem Himmel, mit einem alten *Scout*-Brustbeutel voller Wechselgeld.

Ich habe mir exakt 172 Meter Verkaufsfläche gemietet. Meine Standlänge ragt aus der gekennzeichneten Flohmarktfläche um 46 Meter heraus, sodass eine anliegende Grundschule und zwei Eisdielen vorübergehend schließen müssen. Ich habe einen eigenen Ladendetektiv. Ich habe für 25 Euro 25 Einkaufswagen bei *Lidl* geliehen und mit 25 meine ich: Alle. Es ist 4:30 Uhr. Mein Kaufhaus hat soeben eröffnet.

»Hallo, Sie sind mein erster Kunde!«

Mein erster Kunde ist ein wenig hungrig und bestellt eine Waffel bei mir. Ich habe auch noch einen Waffelstand errichtet, denn auf dem Flohmarkt verkauft man alte Sachen und ich habe heute Morgen in meinem Kühlschrank tatsächlich noch ein paar alte Eier gefunden.

»Haben Sie noch eine Serviette für mich?«, fragt mein erster Kunde.

Und ich reiche ihm ein Kelly-Family-T-Shirt in Kindergröße 134.

Auf Flohmärkten ist man kreativ. Als Verkäufer überlegt man sich, wie man den eigenen biografischen Klumpatsch möglichst fantasievoll und dekorativ auf der Sperrholzplatte anrichtet, damit vorbeilaufende Kunden nichts bemerken von dem ein oder anderen fehlenden Knopf, den Stockflecken im Tischtuch oder dem Schweißgeruch im Polyesterkleid.

Als Käufer überlegt man sich möglichst kreative Verhandlungs-Taktiken wie: »Ah, einzeln kosten die Teller 1 Euro? Ich nehme zwei für 50 Cent!« oder »Ich habe hier einen *SANIFAIR*-Wertbon und einen Oliver-Kahn-*Hanuta*-Sticker, was bekomme ich dafür?« oder, der Klassiker aus der Rubrik »ungeschickter Ladendiebstahl«: »Aaaaaaaaaah, fang mich!«

Hier werden nicht nur Gegenstände, sondern auch allerlei Fragen feilgeboten. »Ist das kaputt oder einfach nur hässlich?«, »Wie viel wollen Sie dafür haben?« oder »Kann man da noch was machen?«

Ich hingegen stelle mir vor allem Fragen der Natur: »Wer soll das alles kaufen?«, »Ist der Mann mit dem Batterien-Verkaufsstand tatsächlich ein Privatverkäufer, der gerade schweren Herzens seine Doppel-A-Batterien-Sammlung auflöst?« und: »Schämen sich die Menschen eigentlich nicht, all diese Dinge jemals ernsthaft besessen zu haben?«

Ich bin kein Mensch, der sich schnell schämt. Aber selbst ich gebe nur ungern zu, dass das Modern-Talking-

Album jemals in meinem CD-Player rotiert ist. Dass ich dieses *Diddl*-Nachthemd vermutlich öfter anhatte als jedes andere Kleidungsstück auf der Welt und dass ich wirklich »Keinohrhasen« auf DVD besitze. All die geschmacklosen Teeservice, die *Sheepworld*-Kissen und Porzellanfrösche wurden mal von irgendwem geliebt. Dazwischen Duftkerzen, die inzwischen nach Keller riechen. Kuscheltiere, die aussehen, als hätten sie die letzten zehn Jahre im Wald verbracht. »Lustige Taschenbücher« und staubige Mangahefte. Flohmärkte sind ein Jahrmarkt der Geschmacklosigkeiten, aber hier und da finden sich kleine Schätze, die darauf warten, von irgendwem geborgen zu werden.

Und mittendrin Kunden mit gesenktem Kopf und suchenden Händen, wie sie an der Auslage entlangschleichen und ab und an stehenbleiben, um Legosteine zwischen den Fingern rieseln zu lassen oder sich in zerfledderten Buchseiten zu verlieren. An den Händen klebt später der Geruch von Dachboden, von unterstem Regal und hosentaschenwarmem Kleingeld. Dann kommt jemand an meinen Stand und berührt mein Leben, greift mitten hinein in meine Biografie, wie sie sich hier freudig darbietet.

Denn hier liegt mein ganzes Leben: diese kleine Schachtel, in der ich immer meine Milchzähne aufbewahrt habe. Mein erstes Handy, mein letztes *Micky-Maus*-Heft, meine alte Zahnspange, für die sich erstaunlicherweise schon zwei Leute ernsthaft interessiert haben. (»Darf ich die mal anprobieren?«)

Und darüber ich: »Ach, hallo! Ich sehe, Sie interessieren sich für mein Werwolf-Puzzle – dann vielleicht kurz der Hinweis, dass da leider zwei Teile fehlen. Aber die sind schwarz, also wenn man es auf einem schwarzen Untergrund puzzelt, ist das gar kein Problem. Ich habe sonst noch dieses *Monopoly*-Spiel in der Sonderedition ›Castrop Rauxel‹, ich weiß, es hat in der Mitte einen unschönen Riss und auf der Schlossallee sind ein paar Blutflecken, aber ich musste es einmal werfen. Wenn Sie sich für experimentelle Kunst begeistern können, habe ich hier dieses private Foto von mir, was auch ganz schön ist, wenn man mich persönlich nicht so prima oder ästhetisch findet, weil man wirklich objektiv feststellen kann, dass man selten jemanden so souverän Döner essen sah. Was? Ja, das Traumtelefon kostet 290 Euro und – ich sage es vielleicht direkt – die Karte ›Peter‹ fehlt, der ist nämlich nicht mehr zu haben, mit dem bin ich seit 1997 zusammen. Hallo, Entschuldigung! Da würde ich vorher gerne einmal Ihren Ausweis sehen, das ist nicht irgendein *Sims*-Spiel, das ist *Sims* ›Hot Date‹ und da wird zwar immer noch viel verpixelt, aber man kann da schon einiges erahnen, was nicht ganz jugendfrei ist. Ja, das Tamagotchi lebt noch und es heißt Robert, aber wenn ich ehrlich bin, möchte ich es Ihnen lieber nicht verkaufen, nichts gegen Sie persönlich, aber Sie sehen ein bisschen verantwortungslos aus.«

Und dann doch leise Enttäuschung, wenn jemand etwas zurücklegt, wenn das sehr hübsche *Bussi-Bär*-Nachtlicht wieder den Weg zurück auf den Tisch findet, weil 50 Cent doch irgendwie zu teuer waren.

»Da bekomme ich bei Bares für Rares sicher 80 Euro für!«, brülle ich den Kunstbanausen hinterher.

Und gleichzeitig bin ich heimlich froh, denn wenn ich ganz ehrlich bin, fällt es mir verdammt schwer, das alles zu verkaufen. In dem ganzen Plastik, der Wolle, dem Holz und dem Papier stecken so viele Erinnerungen. Hier liegt meine Kindheit, meine Jugend. Da liegt ein »Ich habe Angst vor Albträumen«-Kuscheltier, ein »Ich habe mich selten so hübsch gefühlt«-Kleid, ein »Wir bleiben für immer Freunde«-Armband, ein »Ich kann endlich lesen!«-Buch. Und das lässt sich mit Geld einfach nicht aufwiegen.

Also packe ich meine 172 Meter Leben wieder zusammen und die achtzehn Meter fremdes Leben, die ich bei den umliegenden Verkäufern erstanden habe, und fahre damit nach Hause. Ich werde noch einmal in Ruhe Abschied nehmen und dann alles spenden, denke ich. Vielleicht kriegen die Erinnerungen eine zweite Chance, ein neues Leben. Aber erstmal spiele ich *Sims* und muss mein Tamagotchi füttern.

Wochenendseminar für Hater

»Herzlich Willkommen zum Seminar ›Grundloses Hassen auf Social-Media-Plattformen‹! Heute widmen wir uns Modul II: Das Foto. Hier haben wir ein Beispiel. Auf den ersten Blick alles in Ordnung: eine Frau im Garten mit einem kleinen Hundebaby. Also, kein Grund jetzt direkt einen wütenden Smiley zu drücken, aber ich bin mir sicher, wir finden was. Jemand eine Idee? – Ja, da hinten?«

»Das Hundebaby wirkt irgendwie unsympathisch.«

»Okay, das ist ein Ansatz. Kannst du das vielleicht präzisieren?«

»Ich bin mir gerade nicht sicher, ob das was mit meiner Abneigung gegenüber Golden Retrievern zu tun hat, aber das guckt doch wirklich unverschämt. So, als wolle es mich provozieren.«

»Provokation. Das ist ein gutes Stichwort. Was macht das mit dir?«

»Ich glaube, der Hund ist ein Arschloch. Wenn er sprechen könnte, würde er sicher sowas sagen wie: ›Du hässlicher Gesichtsotto, ich wünsche dir den Tod!‹«

»Sehr wahrscheinlich, ja. Und wie verhalten wir uns jetzt?«

»Ich würde das jetzt einfach direkt selber posten, um dem Hund zuvorzukommen.«

»Ja, das ist eine gute Idee. Sehr gut mitgedacht. Okay, weiter. Was noch?«

»Ich finde, der Himmel ist ziemlich blau.«

»Aha, genau. Farben, sehr gut! Auch Farben können wütend machen.«

»Also, ich bin nicht direkt wütend. Aber ein bisschen aufgewühlt. Es macht etwas mit mir, das ich nicht erklären kann.«

»Und das ist auch schon der Fehler: Du musst gar nichts erklären. Wenn dich etwas im Internet wütend macht, passiert das immer aus gutem Grund.«

»Ich bin jedenfalls aufgebracht darüber.«

»Dann versuch, diese Emotion einfach zu kanalisieren, indem du sie in Worte kleidest. Los, versuch es mal!«

»Okay, ich hab' so etwas noch nie gemacht, aber ich würde es dann vielleicht in etwa so schreiben: ›Fick dich und dein Leben!‹«

»Wow, also das hat doch jetzt wirklich mal einen Applaus verdient! Wahnsinn! Gänsehaut, oder? Aber hier, alle anderen, lasst euch nicht entmutigen! Ihr könnt das auch! Weiter, kommt schon! Was noch?«

»Ja, also, die Frau, die …«

»Okay, da unterbreche ich vielleicht einfach direkt. Eine Frau. Na? Fällt uns dazu etwas ein? Kommt schon, Leute. Erinnert sich irgendjemand an das Thema von letzter Woche? Niemand? Modul I: ›Wie wir Frauen auf Social-Media-Plattformen erklären, dass sie dumm und hässlich sind‹ – klingelt da was?«

»Ich denke schon. Da war was. Also, die Frau hat ein Problem.«

»Hat sie ein Problem oder ist sie das Problem?«

»Beides.«

»Sehr gut. Weiter.«

»Die ist zunächst einmal hässlich …«

»Ja, fast …«

»Also ich würde nicht mit der schlafen.«

»Das ist nämlich der springende Punkt! Und wie sagen wir ihr das?«

»Da müsste ich jetzt kurz nachdenken.«

»Auf gar keinen Fall vorher nachdenken. Das kostet wertvolle Zeit! Wer vorher nachdenkt, verliert.«

»Dann sowas in die Richtung wie: ›Ekelhaft, dich will doch keiner ficken!‹«

»Super, Leute! Das ist auch ein gutes Stichwort: ›Ekelhaft‹. Da können wir super drauf aufbauen! Was ist noch ekelhaft?«

»Ich würde jetzt einfach mal grundlos das Thema auf illegale Zuwanderung bringen.«

»Das ist immer gut. Niemand sollte denken, dass wir das Tagesgeschehen nicht verfolgen. Also hier einfach einen Klassiker platzieren.«

»›Merkel muss weg‹?«

»Zum Beispiel.«

»›Ich habe Angst um unsere Frauen und Kinder‹?«

»Sehr gut. Hat hier jemand Frau und Kinder?«

»Nein.«

»Kann ich auch nicht empfehlen. Also, bis hierhin! Vielen Dank für die fleißige Mitarbeit! Das war's für heute! Ich hoffe, dass ihr zu Hause ein bisschen weiter übt. Und wir

sehen uns dann nächste Woche hier wieder zu Modul III:
›Ausländer und warum sie an allem schuld sind‹. Ich freu
mich drauf!«

Sitzen

Ich sitze wahnsinnig gerne. Ich stehe wirklich auf Sitzen. Ich finde, Sitzen ist eine großartige Erfindung. Es muss irgendwann mal einen Menschen gegeben haben, der in der Gegend herumstand und festgestellt hat: »Oh, so einen Körper – den kann man auch knicken!« Zack, Sitzen erfunden! Ein Genie!

Ich wäre auch gerne ein Genie. Aber ich habe bis jetzt nichts Nennenswertes erfinden können. Irgendwie ist es ja auch ein bisschen unfair, weil ich in eine Zeit hineingeboren wurde, in der schon ziemlich viele Dinge erfunden sind. Wenn ich etwas eher auf diesem Planeten erschienen wäre, vielleicht hätte ich dann das Bett erfunden. Ich wäre super gerne der Erfinder von Rollschuhen gewesen. Oder Konfetti. Aber all das gibt es ja schon. Die Zeitgeschichte arbeitet da ganz klar gegen mich.

Sitzen hat in letzter Zeit ein wenig unter schlechter Presse gelitten. Sitzen ist supergefährlich, heißt es in den Medien. Sitzen sei das neue Rauchen. Und wenn das stimmt, dann bin ich wohl ein Kettensitzer. Definitiv, ein echter Kettensitzer. »Langes Sitzen macht krank«, steht da außerdem. Und das ist mir neu. Ich weiß, dass man von verdorbenem Essen eine Lebensmittelvergiftung bekommt. Dass man eine Grippe mit nach Hause bringt, wenn man im Winter U-Bahn fährt. Dass man im Hallenbad Badelatschen tragen sollte, um keinen Fußpilz zu bekommen. Aber ich wusste nicht, dass so ein handelsüblicher Sessel einen wirklich töten will.

Was machen wir jetzt also mit dieser Information? Gibt es demnächst Warnungen auf Stühlen? »Achtung, Sitzen kann tödlich sein!« Ist Sitzen dann nur noch ab 18 Jahren erlaubt? Gibt es vielleicht »Schluss mit dem Sitzen!«-Seminare? (Wobei es die bereits gibt, die heißen RE 1 und fahren einmal quer durch das Ruhrgebiet. Im RE 1 kann man das Sitzen wirklich vergessen.)

»Die Menschen sitzen zu viel«, bestätigt mir mein Arzt, während er hinter seinem Schreibtisch sitzt und ich davor. »Unser ganzes Leben ist aufs Sitzen ausgerichtet.«

Und natürlich hat er Recht, der Mann hat studiert. Überall wird gesessen: im Büro, im Café, im Bus oder zu Hause auf der Couch. Überall nur Menschen, die sitzen. Manche Dinge sind im Stehen auch einfach unvorstellbar. Autofahren zum Beispiel, das wird nach einer halben Stunde sicher anstrengend. Die Autos müssten dann auch viel höher gebaut werden und jedes Mal, wenn man im Stehen schaltet, sieht das ein bisschen aus wie ein sehr tollpatschiger Stepptanz. Oder Fernsehen, erzählt mir, was ihr wollt, Fernsehen funktioniert nur im Sitzen richtig gut, schön die Stampfer auf den Couchtisch und dann durch die Zehenzwischenräume netflixen. Klassischer Samstagabend.

Wenn man den Gerüchten glauben darf, ist das ewige Herumsitzen also ziemlich gefährlich. Ich stelle mir vor, wie sich die Menschen in der Fußgängerzone zu mir umdrehen.

»Guck mal da hinten, die Frau auf der Bank, unglaublich, was die sich traut! Und das in aller Öffentlichkeit!«

Ich bin eine echte Abenteurerin, vielleicht zum ersten Mal in meinem Leben.

Ich frage mich, wie das mit dem Liegen ist. In den ganzen Artikeln ist nie die Rede vom Liegen. Ist Liegen okay? Sollte ich mich vielleicht öfter hinlegen? Auf der Arbeit, in der Bahn oder im Kino?

»Wo sind Sie denn hin?«, möchte mein Arzt wissen. »Hallo, Frau Da Vina?«

Ich habe mich auf den Praxisboden gelegt. »Ich liege hier unten«, erkläre ich pflichtbewusst.

»Was machen Sie denn da?«

»Weniger sitzen.«

Dabei ist Sitzen immer schon eine schizophrene Angelegenheit gewesen. Selbst die Sprache ist sich nicht einig darüber, ob sitzen jetzt gut oder schlecht ist: »Das hat gesessen«, sagt man beispielsweise, wenn jemand eine wirkungsvolle Ansage gemacht hat. »Setz dich besser hin«, sagt man, wenn man jemandem eine schlechte Nachricht überbringen muss. Ein Krimineller sitzt ein. Ein Kleid sitzt gut. Wer überzeugend ist, setzt sich durch. Wer betrunken ist, hat einen sitzen. Ein Stammspieler ist sicher gesetzt. Wer in der Schule schwächelt, bleibt sitzen. Wer sehr geduldig ist, sitzt etwas aus. Eine falsche Anschuldigung lässt man nicht auf sich sitzen. Bei einer Trennung wird aber immer jemand sitzengelassen. Was soll man daraus lernen?

Ich entscheide mich grundsätzlich für den bequemsten Weg, das war schon immer so. Der liebe Gott hätte uns nicht so viele Sitzmöbel geschenkt, wenn er wollen würde, dass wir so wenig rumlümmeln. Es gibt in meinem Leben viele tolle Sessel, Schaukelstühle und Sofas. Wenn es danach geht, bin ich ein sehr reicher Mensch, denn ich *besitze* viel. Kleiner Wortwitz, nichts für ungut.

Ich bin auch einfach nicht besonders sportlich, daraus mache ich kein Geheimnis. Wenn ich einem Bus hinterherrenne, fährt der extra noch mal ein paar Meter rückwärts, weil der Fahrer das nicht mitansehen kann.

»Sie müssen mehr Sport machen«, erklärt mein Arzt.

Er sagt das nicht wütend oder enttäuscht, er guckt nicht mal richtig böse dabei. Ich fühle, dass es ihm persönlich ganz egal ist, ob ich samstags mal zum Stand-up-Paddling an den See fahre oder dienstags zum Pilates gehe.

Deshalb schäme ich mich nicht, als ich ihn anlüge: »Okay, mache ich.«

Ich hab's wirklich versucht, das mit dem Sport. Eine ganze Woche habe ich darüber nachgedacht, laufen zu gehen. Dann habe ich meine Turnschuhe rausgesucht und bin losgerannt. Und was soll ich sagen? Es war kein Erfolg. Es war einfach nicht das Richtige für mich. Wer ein bisschen Ahnung hat vom Laufen, weiß einfach, dass man beim Joggen nur sehr schwer essen kann. Das geht einfach nicht, alles fällt runter, es ist eine riesige Sauerei.

Aber natürlich weiß ich, dass Bewegung gesund ist. Dass man mal ab und an die Extremitäten ausschütteln muss, um ihnen mitzuteilen, dass sie noch am Leben sind. Ich finde, ich sehe in Sportklamotten aus wie ein bescheuerter Superheld, und das gefällt mir. Außerdem lebe ich gerne in einem gesunden Körper und ich möchte wirklich, dass das so bleibt. Menschen, die gerne Sport machen, klopfen einem häufig auf die Schulter und sagen: »Es gibt für jeden einen Sport, der ihm Spaß macht. Du hast deinen nur noch nicht gefunden.«

Vielleicht Curling oder Einradhockey, denke ich dann. Oder reiten, da kann man bei sitzen. Ich bleibe dran, denn das kann ich ja. Ich bin schließlich eine ziemlich große Abenteurerin.

Zum Abschied schenkt der Arzt mir noch einen kräftigen Händedruck.

»Es wird wirklich Zeit, dass Sie sich der Realität stellen. Sie werden auch nicht jünger. Sie müssen da wirklich für sich und ihren Körper einstehen.«

»Kein Problem«, erwidere ich. »Ich werde mich mit den Themen mal in Ruhe auseinandersetzen. Ganz so, wie es meine Art ist.«

Und mit dieser Antwort sind wir beide fürs Erste zufrieden.

Streit

Wir streiten gerade ziemlich heftig. Nicht so heftig wie beim letzten Mal, aber das ist auch schwierig, denn da habe ich aus Versehen aus Wut dein Handy in die Fritteuse fallen lassen. Jetzt gerade habe ich nichts fallen lassen, außer ein paar blöder Sprüche. Seitdem läufst du im Wohnzimmer herum und gestikulierst so wild, dass ich fast ein bisschen traurig bin, dass wir Anfang des Jahres aus diesem YMCA-Tanzkurs geflogen sind. (Es gab Meinungsverschiedenheiten darüber, ob man beim Y die Finger spreizt.)

Nur um das direkt klarzustellen: Wir streiten anständig. Ja, wir sind keines dieser Paare, die sich in blumiger Fäkalsprache regelmäßig gegenseitig schreiend versichern, dass ihre Beziehung ein einziger Irrtum ist, und die sich dabei in den verschiedenen Schwarztönen des Hasses Untenrum-Ausdrücke an den Kopf spucken. Nein, wir sind da anders. Wir streiten uns mehr so wie zwei Siebenjährige, die sich für den gleichen Plüschotter interessieren.

Du hast mich jetzt dreimal »Popogesicht« und fünfmal »Freund Nase« genannt und ich habe zweimal damit gedroht, deine Obi-Wan-Kenobi-Zahnbürste anzuzünden.

Wir haben also ziemlich schnell die Eskalationsstufe 3 erreicht.

Irgendwie haben wir nie gelernt, wie man so eine Diskussion vernünftig führt. Streit ist ja nichts, was man so wirklich üben kann. Da steht man nicht vor dem Spiegel und gerät in eine emotionale Auseinandersetzung mit sich selbst. Das passiert einfach nicht – ich gebe mir ja grundsätzlich recht, ich stehe total auf meiner Seite. Ich habe mir in meinem ganzen Leben nur einmal widersprochen und da ging es um die Frage, ob ich es schaffe, mit ein bisschen Anlauf auf dieses Alpaka zu gelangen, das im Streichelzoo so aussah, als wollte es unglaublich gerne mal geritten werden.

»Das ist keine gute Idee«, habe ich zu mir gesagt und was soll ich sagen: »Ich hatte recht.«

»Wir diskutieren das jetzt aus wie Erwachsene«, erkläre ich und schenke dir einen pädagogischen Zeigefinger.

»Ich bin sehr erwachsen«, sagst du und ziehst beleidigt an deinem Minions-T-Shirt. Ich glaube, keiner von uns beiden weiß so genau, worum es bei dieser Diskussion überhaupt geht.

Ich versuche, das kurz zu rekonstruieren. Es hatte irgendwas mit dem Zustand unserer Wohnung zu tun und mit der Frage, wie viel Tageslicht man so braucht, um überleben zu können. Auslöser war diese eine Situation heute Mittag, als ich dich aufgefordert habe, die Rollläden hochzuziehen, und wir beide feststellen mussten, dass die längst oben waren.

»Putz du halt die Fenster!«, hast du gerufen. »Wenn du die Sonne so magst!«

Und dann haben wir uns gegenseitig Befehle gegeben, wie man das so macht als Paar, das sich um den Haushalt streitet. Irgendwas mit »Spül mal das Geschirr!«, »Wisch den Boden!« oder »Mach mal ein Foto von diesem unglaublich großen Käfer, das glaubt uns ja keiner. Oh Gott, ich schwöre, er winkt. Unfassbar, wie freundlich er ist! Huhu, Käfer!«

Wir haben keine guten Erfahrungen mit Tieren in der Wohnung gemacht.

»Der ist doch bestimmt auch nur hier, um zu sterben«, sagst du und spielst damit sicherlich auf den Wellensittich von unserer Nachbarin Frau Bergersmann an, auf den wir mal eine Woche aufpassen sollten.

Was sich als erstaunlich einfach erwies, weil Flips bereits nach einem Tag tot im Käfig lag und wir dann sechs Tage lang nur noch beschämend wenig auf ihn aufpassen mussten. Kein schlecht bezahlter Job also, wenn man bedenkt, dass wir eine ganze Tafel *Merci*-Schokolade dafür bekommen haben.

Alles in allem war Flips keine gute Gesellschaft. Aber immer noch besser als du jetzt gerade, wie du vorwurfsvoll auf den Tisch trommelst, als wolltest du Phil Collins »In the Air tonight« eröffnen.

Ich sage: »Wenn du jetzt nicht vor hast zu singen, dann nimm gefälligst die Finger von der Holzplatte und gestikulier mir mal drei Gründe in die Luft, warum ich unrecht habe!«

»Eins«, du hebst den Daumen. »Darum! Zwei – immer noch darum. Und drittens: Ich diskutiere grundsätzlich nicht mit Menschen, die ihr *Nutella*-Brot mit Butter essen.«

Jetzt wird das Ding also persönlich.

Ich war selten so sauer wie jetzt gerade. Ich bin sogar ein bisschen wütender als bei dem einen Mal, wo du mich einfach weitergekitzelt hast, obwohl ich gesagt habe, dass du jetzt aufhören musst, mich zu kitzeln, weil sonst etwas Schlimmes passiert. Und dann ist etwas Schlimmes passiert, aber das hat uns ja beide gleichermaßen getroffen. Und ich bin immer noch fünf Prozent weniger wütend als letzte Woche Dienstag, als du dir bei Amazon einen Dönerspieß bestellt hast.

Was daran jetzt wieder verkehrt wäre, möchtest du wissen. Ich hätte doch gesagt, dass du mehr kochen sollst. Aber man könne es mir sowieso nicht recht machen, egal, wie sehr man sich anstrengt. Es ist ja nicht so, als wäre der Dönerspieß jetzt besonders billig gewesen, und der Postbote hat auch ziemlich geschnauft. Der hat sich auf dem Weg die Treppe hoch zwei Zehen gebrochen. Ob mir das jetzt alles egal wäre. Ob mir diese Geste denn überhaupt nichts bedeuten würde.

»Wie egoistisch kann man eigentlich sein?«, rufst du und dabei fällt dir ein bisschen Kebab aus dem Mund.

»Wir sollten jetzt mal jemand Neutralen fragen«, sage ich. Und: »Nein, damit meine ich nicht Siri.«

Du legst das Handy wieder weg und öffnest die Wohnungstür, sodass Frau Bergersmann, die schon eine ganze Weile mit ihrem Ohr am Türblatt gelehnt hat, hereintreten kann. Sie setzt sich zu meiner Mutter, die heute Morgen zu Besuch gekommen ist und seitdem sehr schweigsam auf der Couch hockt und uns beim Streiten beobachtet. Dann klingelt der Paketbote und wir sind plötzlich zu fünft, was aber auch die maximale Personenanzahl ist, falls wir heute noch vorhaben, mit dem Auto ins Phantasialand zu fahren.

Frau Bergersmann vermutet, dass das alles etwas mit diesen Flüchtlingen zu tun habe. Der Paketbote fragt, wo er jetzt die Softeismaschine hinstellen solle. Und meine Mutter bestätigt, dass ich schon als Kind ein bisschen schwierig war.

»Vielleicht sollten wir auch ein Kind machen«, sagst du dann, mehr aus Panik, denn aus Verstand.

»Nein«, sagen Frau Bergersmann, der Postbote und ich gleichzeitig. Meine Mutter häkelt derweil an einer verdächtig kleinen Socke.

»Vielleicht reichen auch erstmal wir«, sage ich dann.

Und das ist wohl die beste Erkenntnis. Denn eigentlich brauchen wir gar keine geputzten Fenster, eigentlich brauchen wir nur uns.

»Dann gebt euch jetzt die Hand«, sagt Frau Bergersmann.

Und weil ich dich schon irgendwie ziemlich prima finde, gebe ich dir nicht die Hand, sondern direkt einen Kuss.

Und dann fahren wir alle zusammen ins Phantasialand.

Du hast da was (IV)

- *(kommt von der Toilette zurück)* Jetzt ist es weg.
- Zeig mal.
- *(zeigt Zähne)*
- Nee, jetzt ist es auf der anderen Seite.
- Wie, es ist auf der anderen Seite? Wie kommt es da denn hin?
- Fast an derselben Stelle, nur rechts.
- Hier?
- Nee, weiter oben.
- Hier?
- Fast.
- Ist es weg?
- Nee, ist noch da.
- Jetzt.
- Nee.
- Jetzt weg?
- Nee.
- Ich lass den Mund jetzt einfach zu.
- Okay.

Kino

Das Kino ist eine großartige Erfindung: Eine riesige Leinwand, bombastischer Sound, der einem die Ohrhaare kitzelt, überall riecht es nach frischem Popcorn und Käsenachos. Kino ist super. Wenn da nicht die anderen Menschen wären. Die anderen Menschen sind das Problem an vielen großen Erfindungen: an Buffets, Schwimmbädern, Freizeitparks, an der Demokratie, Hautarztpraxen und am Universum im Allgemeinen. Da sind überall zu viele Menschen.

»Lass mal in den neuen ›Es‹ gehen«, hat jemand gesagt, um ein bisschen mutig zu klingen, obwohl er das überhaupt nicht ist.

Denn dieser jemand war ich. Ich hatte mich beim Trailer zum Film bereits gefürchtet wie ein Kleinkind vor der Impfung. Ich, die nun wirklich vor vielen Dingen ängstlich zurückschreckt. Die sich fürchtet vor Gluten, FDP-Kugelschreibern und Brokkoli. Ich fand selbst »Keinohrhasen« gruselig, was zu fünfzig Prozent an Til Schweiger lag und zu fünfzig Prozent an der Tatsache, dass der verdammte Hase keine Ohren hat. Wie krank ist das denn? Jetzt also dieser freche Grusel-Clown.

Es ist beschlossen, wir gehen ins Kino. Und da steht er, dieser Palast der cineastischen Künste, der extra errichtet wurde für all die Blockbuster: Für ›Titanic‹ und ›Avatar‹, für ›Herr der Ringe‹ und ›Star Wars‹, für ›Pulp Fiction‹ und ›50 Shades of Grey‹. Ob so ein Kino wohl auch manchmal traurig ist? Ob es nachts, wenn alle Lampen ausgehen, noch wachliegt und sich schämt für all die Schmonzetten, die Ladiesnights und Herrenabende mit stereotypen Sektchen oder Actionfilme, für die schlechten Buchadaptionen, für all die Adam-Sandler-Komödien und Schweighöfer-RomComs, die schon in seinen Sälen verklungen sind? Ich würde das Kino ja tröstend tätscheln, aber das geht schlecht.

Kinosaal 5, Reihe G, Sitz 14. Die Stimmung vor Horrorfilmen ist eine Besondere. Es herrscht eine gewisse Grundnervosität. Alle hier im Kino sind gerade ein bisschen schreckhaft. Ich kreische einmal kurz, weil jemand beim Vorbeigehen »Hallo« sagt. Freundlichkeit ist manchmal wirklich verstörend.

Die Atmosphäre hier erinnert stark an die durchschnittlichen dreißig Minuten Wartezeit beim Zahnarzt, in denen man mit den schweißnassen Fingern vergeblich versucht, in Klatschzeitschriften zu blättern, und dabei immer wieder aufmunternden Blickkontakt zu den anderen Mitpatienten sucht.

»Werden wir hier je wieder heile rauskommen?«

Ich bin mir nicht sicher.

Dann die zehn Minuten Beten, dass sich keiner neben einen setzt, dass es niemand wagt, den Platz links oder rechts von einem zu besetzen und dann auch noch zu atmen, etwas zu essen oder zu trinken und – im schlimmsten Fall – sogar nach irgendwas zu riechen. Das ist das ärgerliche, Menschen riechen immer nach irgendwas. Es setzt sich jemand zu mir, der nach Döner riecht. Jackpot.

Die Beziehung zum Sitznachbarn ist eine Besondere. Ob im Flugzeug, im Zug, im Theater oder hier im Kino: Man teilt einen kleinen, intimen Funken Lebenszeit. Man teilt die Luft, die Perspektive, manchmal teilt man die Lehne und dann kann es passieren, dass die Armhaare des anderen einen kitzeln. Dass man sich berührt und das ein bisschen ekelig findet. Oder sehr romantisch, je nachdem.

Und dann geht es endlich los. Aus Spoiler-Gründen beschränke ich mich im Folgenden auf eine kurze Zusammenfassung der Ereignisse vor dem Bildschirm:

Ich habe mich bereits nach den ersten drei Minuten mit meinem Kopf in meinen Pullover zurückgezogen, sodass ich das Filmgeschehen nur noch gedämpft durch 75 Prozent Baumwolle und 25 Prozent Polyester erlebe. Damit ist das Ganze ungefähr 30 Prozent weniger gruselig. Hier drin riecht es allerdings auch nach Döner. Dann fällt mir ein, dass ich es war, die vorhin Döner gegessen hat. Von draußen bekomme ich kaum noch etwas mit. Ich höre nur kurz meinen Sitznachbarn kreischen, der glaubt, ich hätte meinen Kopf verloren.

Eine Reihe hinter mir wird es unruhig.

»Mama, ich glaube, das hier ist gar nicht ›My Little Pony‹«, gibt ein etwa fünfjähriges Mädchen gerade zu Bedenken.

Auf dem Bildschirm passiert zeitgleich etwas, von dem man mit großer Sicherheit behaupten kann, dass das nichts mit freundlichen Ponys zu tun hat. Das Mädchen und seine Mutter verlassen fluchtartig den Raum.

In der Reihe vor mir öffnen sich derweil die ersten mitgebrachten Tupperdosen, allesamt olfaktorische Schätze, die zu Hause noch aus Kühlschrank-Resten zusammengeschnetzelt wurden, oder Supermarktschnäppchen, die so laut knistern, knacken oder knuspern, dass man sich auf einem Heavy-Metal-Konzert noch irritiert danach umdrehen würde.

Mein rechter Sitznachbar war nicht so klug und hat erstmal einen Tag in der Schlange fürs Popcorn gestanden.

»Ich wollte den Film eigentlich schon gestern sehen«, erklärt er schulterzuckend.

Zu einem 100-Gramm-Preis von 18 Golddukaten hat er schließlich eine Handvoll aufgeplatzten Mais ergattert, den er jetzt hungrig in sich hineindrückt. In seinem anderen Arm hält er einen Liter Cola, den er in regelmäßigen Abständen geräuschvoll durch den Strohhalm saugt, als wolle er an der Autobahnraststätte einem Tanklaster Diesel stibitzen.

In Reihe K beginnt jemand, zu husten, und hört damit die nächsten siebzehn Minuten nicht mehr auf. Es werden zunächst diverse Hustenbonbons und Taschentücher, schließlich sogar ganze HNO-Ärzte nach hinten weitergereicht. Als das nichts nützt, folgen Gewalt- und Todesdrohungen, die dem Horror auf der Leinwand in nichts nachstehen. Schließlich hat der Huster den Fussel in seiner Luftröhre lokalisiert und erfolgreich ausgeschnaubt. Es wird erleichtert applaudiert.

Der Applaus stört die Unterredung der zwei Hobbycineasten rechts von mir, die sich gerade darüber streiten, ob der Clown-Darsteller privat mit oder ohne Bart besser aussieht. Daneben versucht eine Gruppe Jugendlicher, ein

Selfie mit der Leinwand zu machen. Jemand tippt mich an und fragt, ob ich ein Ladekabel dabeihabe. Vier Sitze weiter tauschen zwei Frischverliebte geräuschvoll Liebesschwüre aus. Ich erstelle in Gedanken bereits eine Liste von Menschen, die demnächst mal Besuch von einem Clown im Abfluss bekommen sollten.

Jedes Mal ist das alles wieder schwierig. Jedes Mal frage ich mich, warum ich hergekommen bin. Aber ich gehe nun mal gerne ins Kino. In die großen Filmtempel, die kleinen Programmkinos, die Open-Air- und Autokinos. Hier sind nicht alle in ihre Smartphones versunken, hier guckt man in dieselbe Richtung. Hier werden Träume wahr, hier können Menschen fliegen, Superhelden retten die Welt, es siegt das Gute gegen das Böse, zumindest meistens, und wenn nicht, weint man zumindest nicht alleine, dann ist man doch plötzlich froh, dass da Menschen sind um einen herum.

»Alter, wer hat denn hier gepupst?«, fragt mein Sitznachbar.

Und ich sage: »Ja, Tschuldigung. Das war vor Schreck.«
Denn manchmal bin ich selbst der echte Horror.

Nachbarschaftshilfe

Frau Bergersmann überreicht mir feierlich ihre Wohnungsschlüssel.

»Ich bin für drei Wochen weg«, sagt sie. »Ich muss raus, ein wenig entspannen.«

Und das mit dem Entspannen ist auf jeden Fall längst überfällig, schließlich hat Frau Bergersmann nachweislich ein ziemlich anstrengendes Leben: Montag bis Freitag lehnt sie meistens am offenen Fenster und beschimpft vorbeilaufende Passanten, am Wochenende putzt sie dann den Hausflur und beschimpft vorbeilaufende Nachbarn. Jetzt fliegt Frau Bergersmann also drei Wochen nach Kreta und beschimpft vorbeilaufende Touristen.

»Es wäre gut, wenn ihr mal nach den Pflanzen gucken könntet und die Katze füttert.«

Gucken konnte ich schon immer gut (»Sie haben ausgezeichnete Augen, Frau Da Vina!«, Zitat Augenarzt) und das mit dem Füttern würden wir schon irgendwie hinbekommen.

»Gar kein Problem!«, versichere ich Frau Bergersmann. »Sie können sich auf uns verlassen.«

Sie muss gemerkt haben, dass das eine Lüge war, denn sie winkt nicht mal, als sie am Abend ins Taxi steigt.

Frau Bergersmann hat ein erstaunlich bequemes Bett. Ich würde sagen, Frau Bergersmanns Bett ist im Ranking der Betten, in denen ich schon geschlafen habe, auf Platz 1. Das liegt zum einen daran, dass Frau Bergersmann sehr viele Kissen besitzt, und zum anderen daran, dass ich zwischen den vielen Kissen immer mal etwas Schokolade finde. Ich gestatte der Katze, sich zu mir zu legen (ich bin ja keine Egoistin!), und gerate mit ihr in einen heftigen Disput über die Auswahl des Fernsehprogramms. Wir einigen uns schließlich auf »Die Rosenheim-Cops« und schlafen dabei zufrieden ein. Mein Leben hat sich noch nie so gut angefühlt.

Es klingelt dreimal schrill und ich schrecke hoch. Wer könnte das sein? Frau Bergersmann bekommt doch sonst nie Besuch. Ich schleiche zur Wohnungstür und werfe einen prüfenden Blick durch den Spion. Es ist der Freund, der da besorgt im Türrahmen steht.

»Willst du nicht irgendwann mal wiederkommen?«, fragt er, als ich ihm öffne.

»Wieso?«, möchte ich wissen. »Wie lange bin ich denn schon weg?«

Es stellt sich heraus, dass ich bereits seit drei Tagen bei Frau Bergersmann wohne. Drei Tage, in denen die Katze und ich erstaunlich viele alkoholhaltige Pralinen gegessen haben. Drei Tage, in denen ich mit jedem Sitzmöbel in diesem Haushalt näheren Kontakt hatte. Drei Tage, in denen ich sehr gewissenhaft die herumliegenden Kreuzworträtsel aus alten Fernsehzeitschriften gelöst habe. Ich bin selten so produktiv gewesen.

»Komm rein«, sage ich zum Freund und gebe die Wohnungstür frei, damit er eintreten kann. »Wusstest du, dass

Frau Bergersmann eine Badewanne hat?«, frage ich ihn und deute in Richtung Badezimmer.

Er wusste es nicht. Um sich von der Echtheit der Wanne zu überzeugen, lässt er direkt Badewasser einlaufen.

»Falls du später Hunger bekommst, habe ich noch etwas *Mon Chérie* im Kühlschrank!«, erkläre ich fürsorglich und ziehe mich wieder in Richtung Schlafzimmer zurück.

Ich wäre eine gute Frau Bergersmann.

»Ich hatte ja keine Ahnung, dass Frau Bergersmann so eine schöne Wohnung hat«, erklärt der Freund am Abend.

Wir sitzen zusammen auf Frau Bergersmanns Sofa und versuchen, die Katze zu überreden, dass sie uns eine Flasche Rotwein aus der Küche holt.

»Eigentlich ein bisschen unfair. Die hat ein Zimmer mehr als wir und eine Terrasse. Und sogar einen Induktionsherd. Sowas wollte ich schon immer mal haben.«

»Du kochst doch gar nicht«, sage ich.

»Wenn ich einen Induktionsherd hätte, würde ich kochen«, erklärt der Freund.

Und wir begreifen, dass all das Lebensglück, das uns zusteht, bloß dadurch verhindert wurde, dass wir in die falsche Wohnung gezogen sind. Tatsächlich kann unsere düstere 1,5-Zimmer-Bude mit der 3,5-Zimmer-Wohnung von Frau Bergersmann kaum mithalten. Als wir vor einem Jahr in dieses Haus gezogen sind, hatten wir uns schon davon erleichtert gezeigt, dass unser Wohnzimmer ein Fenster hatte. Jetzt, wo wir das fremde Leben geschmeckt haben, wird uns schlagartig klar, dass da draußen mehr auf uns wartet.

»Frau Bergersmann ist eigentlich ganz schön egoistisch«, sagt der Freund. »In Zeiten von Wohnraumknappheit so viele Quadratmeter zu bewohnen.«

»Ich konnte die noch nie leiden«, sage ich. »Was denkt die denn, was wir machen, wenn wir mal Kinder bekommen? Wir haben dafür gar keinen Platz. Ich wette darüber hat die noch nie nachgedacht.«

»Bestimmt nicht!«, gibt mir der Freund recht. »So Leute, die immer nur an sich denken! Einfach nur schlimm.«

Ein Scheppern aus der Küche verrät uns, dass die Katze es gerade geschafft hat, die Rotweinflasche aus dem Schrank zu bekommen.

»Katzen sind auch ein Problem«, sage ich.

Der Freund nickt.

Wenn man den Datumsangaben der Tagesschau glauben darf (und das darf man), wohnen wir inzwischen seit zehn Tagen in Frau Bergersmanns Wohnung. Wir haben bereits ein paar Wände neu gestrichen und befinden uns gerade in einem schwierigen Entscheidungsprozess, der sich um die Frage dreht, ob man den Teppich im Wohnungsflur ohne viel finanziellen Aufwand durch Echtholzparkett ersetzen kann.

»Wir müssen dringend die Klingelschilder austauschen«, sagt der Freund. »Wir hören doch gar nicht, wenn wir Besuch bekommen!«

Ich finde ihn später unten an der Haustür, wo er mit einem Schraubenzieher an der Klingelanlage werkelt. Am Nachmittag läutet es dann tatsächlich bei uns und eine paar Freunde kommen vorbei, um beim Möbelschleppen zu helfen.

»Wieso ist diese Frau Bergersmann während ihres Umzugs im Urlaub?«, möchte Dennis wissen.

»Ich sag ja, die ist komisch«, bemerke ich.

Wir haben es irgendwie geschafft, Frau Bergersmanns Wohnung ein Stockwerk weiter oben und auf 55 Quadratmetern weniger halbwegs glaubhaft zu rekonstruieren. Um sicherzugehen, dass sie sich nicht allzu sehr eingeengt fühlt, haben wir viele Spiegel aufgehängt und eine sehr geschmackvolle Fototapete von einem karibischen Strand an die hintere Küchenwand geklebt. (Die Rechnung dafür haben wir ihr auf den Nachtschrank gelegt.) So kann Frau Bergersmann sich immer ein bisschen wie im Urlaub fühlen.

Am Morgen des elften Tages erwischt mich der Freund dabei, wie ich mit dem Oberkörper aus dem offenen Küchenfenster lehne und nach Passanten fuchtele.

»Und außerdem ist der Hund hässlich!«, höre ich mich brüllen.

Mein neues Leben verändert mich, ich bin plötzlich viel selbstbewusster geworden.

»Ich verstehe endlich, was Frau Bergersmann daran gefallen hat«, gestehe ich dem Freund.

»Toll«, sagt der. »Das ist ja wirklich prima.«

Ich verspreche ihm trotzdem, dass ich in Zukunft das Küchenfenster geschlossen halte.

Einen Tag vor ihrer Rückkehr klingelt unser Telefon und Frau Bergersmann meldet sich.

»Kalimera!«, begrüßte sie uns. »Wie geht es der Katze?«

Das war eine gute Frage. Wo ist die eigentlich?

»Erinnern Sie sich noch, dass Sie gesagt haben, Sie müssten hier raus?«, frage ich stattdessen.

»Ja, das war ganz dringend«, erklärt Frau Bergersmann. »Ich musste einfach mal raus aus dem Alltag!«

»Behalten Sie das mal im Hinterkopf, wenn Sie morgen nach Hause kommen!«, rate ich ihr.

Das wird sicher eine Umstellung für Frau Bergersmann. Aber wir machen bestimmt auch mal Urlaub. Und dann kriegt sie auf jeden Fall unsere Schlüssel.

Preisverleihung im ICE

Kategorie: Beste Spezialeffekte / Intensivster Geruch
Nominierte:

Die Thai-Box vom Asia-Imbiss im Düsseldorfer-Hauptbahnhof

Das Gericht A3: Gebratene Nudeln mit Hühnchen an Ko-
kos-Limetten-Soße, lieblos mit der Kelle in die Take-Away-
Box geprügelt, verleihen dem Wagen 21 auf der Strecke
Düsseldorf–Mannheim ein eigenes, exotisches Raumklima.
Dank der Zutaten »Kokosnuss«, »Zitrusfrucht« und »Ko-
riander« geraten die Reisenden der Sitzplätze 12–85 ein-
hellig in Urlaubsstimmung.

Nagellack Express Finish nude

Auch Freunde des Naturfingernagels müssen mit aufrichtiger
Begeisterung feststellen: Das, was Lara Tünnesberger hier
auf Platz 67 mit dem kleinen Plastikpinsel auf die abgekauten
Nägel zaubert, darf ohne Übertreibung als wahres Kunst-
werk bezeichnet werden. Der zarte Geruch von Lösungs-
mitteln begleitet die anwesenden Passagiere noch bis Mün-

chen Hauptbahnhof und löst vereinzelt Kopfschmerzen und Sodbrennen aus. Selten hat Kunst mehr bewegt. (SIEGER)

Der Achselschweiß von Udo Punz

»Ich muss mal einmal da oben dran!« – so beginnt dieser actiongeladene Psychothriller aus dem Hause »Deo vergessen«. Während Hauptdarsteller Udo mit beiden Händen in seinem Canvas-Rucksack auf der oberen Gepäckablage wühlt, kommen die Reisenden direkt darunter in den Genuss seiner olfaktorischen Fähigkeiten. Der Geruch, der sich unter Udos gehobenen Armen freisetzt, treibt allen Mitreisenden in einem Radius von sieben Metern Tränen in die Augen.

»Kann hier endlich mal jemand ein Brötchen mit Mett essen?«, beten die Betroffenen. Aber Udos Achselschweiß ist unerbittlich.

Kategorie: Bester Ton / Versteht nicht wirklich, was RUHE-abteil bedeutet
Nominierte:

Der TUS 2. Herren Borbeck-Süd auf dem Weg zum Freundschaftsspiel mit dem Offenbacher SV

Zitat: »FRANKFUTT FRANKFUTT – WIR MACHEN EUCH KAPUTT!«
Ein in großer Detailfreude aufgeführtes Musical aus der Feder von Franz Beckenbauer, hochkarätig besetzt mit den Hauptdarstellern Trainer Willi und Mittelfeld-Rechtsaußen-Spieler Hannes.

Der eine Junggesellinnenabschied im ICE641 zwischen Biele-
feld und Hannover

Das moderne Verkleidungsepos zelebriert den alten Kos-
tümklassiker »Krankenschwester«, ohne dabei bieder zu
wirken. Mit viel Publikumsinteraktion und Spielfreude begeistern die fünf Hauptdarstellerinnen rund um Protago-
nistin Loredana.

Geschäftsmann Jochen Peters

Die spielerische Präzision, mit der Jochen Peters seinem
Charakter Leben einhaucht, nötigt selbst dem erfahrens-
ten Kritiker höchsten Respekt ab. Der Geschäftsführer eines mittelständischen Kleinbetriebs für Gasdruckanlagen
glänzt hier in einer cineastischen Hommage an den Genre-
klassiker »Nicht auflegen!« (mit Colin Farrell). Peters tritt
damit nicht nur den Beweis an, dass er im Zug hervorra-
genden Empfang hat, sondern stellt mit einer Gesprächs-
länge von insgesamt 3:21 h auf der Strecke Dortmund–Berlin einen neuen Rekord auf. (SIEGER)

Kategorie: Beste/r Hauptdarsteller/in
Nominierte:

Die Klimaanlage in Wagen 38

Die Klimaanlage überzeugt in ihrer Paraderolle als geschei-
terte Existenz im Spiegel einer immer unerbittlicher wer-
denden Leistungsgesellschaft. Der Dokumentarfilm »45

Grad bei voller Fahrt« begeistert dabei nicht nur mit Detailaufnahmen von der Sonnenoberfläche, sondern webt auch immer wieder biografische Hintergrundinformationen in die Geschichte mit ein. Im Fokus des Interesses steht die Frage: Wie kommt es, dass die Klimaanlage so schnell aufgibt? (SIEGER)

Der Ellenbogen von Herrn Bummelburger

Hollywoods Bösewichte haben Zuwachs bekommen: Nach Darth Vader, Lord Voldemord und Hannibal Lecter erobert in diesem Jahr ein neuer Schurke die große Leinwand. Der Ellenbogen von Herrn Bummelburger überzeugt in Sachen Scharlatanerie und Ganoverei. Grob, hart und unnachgiebig präsentiert sich das Armgelenk in diesem Horrorthriller aus Wagen 32. In seinem unerbittlichen Kampf um die Armlehne kennt der Ellenbogen von Herrn Bummelburger weder Freund noch Feind.

Hund Lord Kikiheim

Der 2-jährige Jack Russell Terrier erlangte in der Vergangenheit bereits Anerkennung für seine ausgezeichnete Performance in der Serie »Sitz, Platz und Hol-Stöckchen!«. In der jetzt erschienenen Fortsetzung »Pipi im ICE« beweist Lord Kikiheim erstmals Mut zur Hässlichkeit. Ein starkes Plädoyer für eine Welt, in der Fehler erlaubt sind. Emotional und packend! 3 von 5 Hundekuchen!

Ehrenpreis für außerordentliche Leistungen

Der Ehrenpreis geht in diesem Jahr an mich, weil ich das alles ausgehalten habe. Ich bedanke mich bei meiner Bahn-Card50 und den Bahn.Comfort-Sitzplätzen für die gemeinsam zurückgelegten Kilometer.

Allen Preisträgern die herzlichsten Glückwünsche und bis zum nächsten Jahr!

20 Prozent Rabatt

»Hallo ihr Lieben«, sagt die Beauty-Expertin auf YouTube und ich finde das nett, denn ich bin tatsächlich sehr lieb und es freut mich, dass das endlich mal jemandem auffällt.

Nachdem es 2001 und 2004 in meiner Familie diesbezüglich gegenteilige Gerüchte gab und ich keine Weihnachtsgeschenke bekommen habe, tröstet mich diese Erkenntnis nachträglich sehr. Die Beauty-Expertin auf YouTube sagt überhaupt tröstende Dinge, nämlich dass es eine Lösung für all unsere Probleme gibt. Sie sagt, sie hätte eine Creme getestet, mit der man sehr effektiv Pickel bekämpfen könne. Die Creme sieht tatsächlich so aus, als könnte man damit einige Dinge bekämpfen, zum Beispiel Ameisen oder den sehr unappetitlichen Nachgeschmack von Dosenravioli auf der Zunge. Aber wirklich große Probleme scheinen damit nicht lösbar.

Ich würde sehr gerne große Probleme lösen. Dafür bräuchte es ein Team aus Menschen, die sich hervorragend dazu eignen, die Welt zu retten. Ich denke da an Astrophysikerinnen, an Nanowissenschaftler, an mindestens zwei Veganer, an Hugh Jackman und an mich. Ich denke auf keinen Fall an YouTube-Beauty-Experten.

»Diese Creme ist der Hammer«, sagte die Beauty-Expertin auf YouTube. »Die hilft gegen alles.«

Und ich denke, dass sämtliche Apotheken wohl demnächst schließen werden, wenn sie davon erfahren, dass es eine Creme gibt, die gegen alles hilft.

»Jetzt habe ich euch gezeigt, wie meine Daily-Beauty-Routine so aussieht! Hier unten findet ihr noch einen Rabattcode, mit dem ihr 20 Prozent auf alle Produkte bekommt!«

Ich bestelle also 45 Creme-Dosen und noch etwas, das auf der Webseite als »Coconut-Mousse« beschrieben wird und klingt wie ein sehr leckerer Nachtisch. Ich interessiere mich für leckere Nachtische, da bin ich einfach gestrickt.

Ich interessiere mich weniger für Schönheits-Trends. Man kann mit gutem Gewissen behaupten, dass ich sehr souverän an dem ganzen Fashion- und Beauty-Lifestyle vorbeiexistiere. Ich habe in meinem ganzen Leben vielleicht zweimal absichtlich Bodylotion benutzt, ich finde mich sehr hübsch, wenn ich Jogginghosen anhabe, und treffe mit dem Lippenstift immer noch mehr Zähne als Mund. Aber ich würde lügen, wenn ich behaupten würde, dass ich nicht auch empfänglich wäre für diese ganze Werbung, für den ganzen medialen Aufwand, der da draußen betrieben wird, um mir mitzuteilen, dass ich mich dringend verändern müsse.

Schon früh habe ich gelernt, wie eine Frau auszusehen hat, um die Welt nicht zu enttäuschen. »20 Tipps für eine bessere Haut«, »Abnehmen im Schlaf«, »So machst du ihn verrückt nach dir!« waren die Überschriften der Artikel, die meinem jungen Leben als Lektüre dienten. Ich habe das alles geglaubt, und jetzt, fünfzehn Jahre später, habe ich längst begriffen, dass das nur Lügen sind. Niemand nimmt im Schlaf einfach so ab, es sei denn, bei dem Schlaf handelt es sich um eine Narkose für eine Fettabsaugung oder man ist Schlafwandlerin und geht nachts heimlich joggen. Man muss sich nicht verbiegen, um Männer verrücktzumachen. Das Einzige, was dann passiert, ist, dass man selber verrückt wird. Und die zwanzig Tipps für eine bessere Haut lassen sich auf einen einzigen herunterbrechen: Wasser. Einfach mal den Kopp unter den Wasserhahn halten und dann die Epidermis in Frieden lassen mit der ganzen Kosmetikscheiße.

Lange Zeit habe ich geglaubt, dass meine Beliebtheit davon abhängt, wie kräftig ich mir meine Augenbrauen zupfe. Ich bin in dieser Zeit groß geworden, wo alle plötzlich nur noch Linien über den Augen hatten, so als hätte jemand handwerklich sehr Unbegabtes an der Stelle mit einem Bleistift Markierungen gemacht, um dort ein Bild gerade aufzuhängen. Ich habe so lange gezupft, bis ich keine Augenbrauen mehr hatte. Ich habe geschminkt und gecremt, rasiert und frisiert. Ich habe gepusht und getuscht, geföhnt und getönt, geglättet und geplättet, gepinselt und gesprayt. Nichts davon hat geholfen. Aber immerhin, auf dem Klassenfoto 2004 habe ich am meisten geglitzert.

Und ja, ich habe sie alle gelesen, all diese Zeitschriften, all diese Magazine voller Weisheiten, Modestrecken, Horoskope und Beauty Tipps. Und manchmal gab es sogar ein kleines Extra dazu, winzige Duft- und Shampooproben, Lipglosstuben und Klebetattoos. Dabei liegen diesen Zeitschriften doch schon jede Menge anderer Extras bei.

Zwischen den Seiten findet man einen Haufen Selbstzweifel, ewige Optimierungswünsche, Neid und Eifersucht auf fremde Körper und Lebensläufe, da liegt viel Missgunst und Selbsthass bei, den man dann zusammen mit der Zeitschrift auf seinen Nachtschrank legt und immer auch ein bisschen in den eigenen Kopf.

Als Jugendliche habe ich sehr viele von diesen Psychotests gemacht, mit denen besonders fantasielose Redakteure ihre Seiten gefüllt haben. Zwischen meinem 11. und 16. Lebensjahr habe ich mehr Tests in Mädchenzeitschriften bestritten als Prüfungen in der Schule. Man kann sagen, dass ich das *Bravo Girl*-Abitur gemacht habe, aber niemand ist gekommen und hat mir dafür mal anerkennend die Hand geschüttelt. Ich wollte einfach nur dringend wissen, ob meine Freunde mich wirklich cool finden, ob mein Schwarm vielleicht auch heimlich in mich verliebt ist und welcher Promi am besten zu mir passt. Und natürlich hatte ich gehofft, dass mir mal irgendwer sagen könnte, wer ich eigentlich bin, weil man in der Pubertät einfach schrecklich verunsichert ist. Weil man Leuten glaubt, die einem sagen: »Trainiere jetzt für deine Bikini-Figur!« und »Jungs stehen auf schüchterne Girls«. Und weil man dann Cremes kauft, die sich am ehesten dazu eignen, Fahrradketten zu ölen.

Mein 15-jähriges Ich wollte es auch in diese Zeitschriften schaffen. Ich habe blauen Lidschatten getragen, aber auch nur zu besonderen Anlässen. Also immer. Selbst zum Schlafen und zum Sportmachen habe ich mich geschminkt, als würde ich jeden Moment damit rechnen, von Britney Spears höchstpersönlich zum Mitsingen auf die Bühne geholt zu werden. Ich habe so viel Lipgloss getragen, dass es so aussah, als hätte ich seit zehn Stunden nicht mehr meine eigene Spucke geschluckt. Ich hätte mich nur einmal kräftig schütteln müssen und das leere Make-up-Regal bei *DM* wäre wieder eingeräumt. Mit der Farbe an meinem Körper hätte ich das Shakespeare'sche Gesamtwerk achtmal vollständig markieren können und zum Schluss hätte es immer noch dafür gereicht, einem Elftklässler meine 15-stellige Handynummer auf den Oberarm zu kritzeln. Ich hätte alles dafür getan, dass mir mal jemand zeigt, wie man sich einen anständigen Lidstrich setzt, ohne später auszusehen wie das Erstlingswerk eines talentlosen VHS-Zeichenkursteilnehmers, kurz nachdem der Lehrer gesagt hat: »Malt einen überfahrenen Dachs!« Und ganz sicher hätte es dringend mal eines Menschen bedurft, der mich zur Seite nimmt, um mir zu sagen, dass all die Schminke, all das Haarspray und all die Psychotests nicht darüber entscheiden, wie ich mich selber sehe.

Solange Redakteure da draußen Geld dafür bekommen, dass sie einer Prominenten direkt eine Schwangerschaft andichten, nur weil sie einen kleinen Blähbauch vor sich herträgt. Solange menstruierende Models in der TV-Werbung vor Glück kreischen und kichern, weil ihr blaues Periodenblut jetzt in eine Einlage sickert, die nach Pfirsich duftet. Solange die Modebranche mir weismachen will, dass ein Mensch, der absolutes Normalgewicht hat, ein Plus-Size-Model ist. Solange Leute im Internet Geld damit verdienen, dass sie anderen Menschen Produkte andrehen, die niemand wirklich braucht. Genau so lange ist es offenbar immer noch notwendig, über Frauenbilder zu sprechen, über die Bedeutung von Schönheit und die Frage, wie wir endlich mit uns selber glücklich werden. Wir waren auf dem verdammten Mond, aber es will uns nicht gelingen, in unseren eigenen Körpern zufrieden zu leben.

Unzufriedene Menschen kaufen gerne, das war schon immer so. Und ja, diese Erkenntnis ist nicht neu. Und es macht müde und traurig, festzustellen, dass es immer noch Not tut, Menschen zu sagen, dass sie gar kein Umstyling brauchen, um glücklich zu sein. Dass es keine Cremes gibt, die einem helfen, den eigenen Körper zu lieben. Dass niemand darüber entscheidet, ob man schön ist oder nicht.

Heute Morgen ist das Paket mit den Cremedosen angekommen. Die Gesamtmenge hat gerade dafür gereicht, meinen Körper einmal komplett mit der Wunderwaffe einzusalben. Ich erkenne noch keinen größeren Effekt, aber dafür schmatzt es jetzt ein bisschen beim Gehen.

Die Creme ist auch einen Tag später noch nicht komplett eingezogen. Auf der Arbeit falle ich unangenehm auf, weil ich andauernd von meinem Bürostuhl gleite. Heute Morgen bin ich mehrmals im Bus ausgerutscht. Ich habe den Verdacht, dass diese Creme niemandem helfen wird.

Aber von mir gibt es dafür auch einen Rabatt: 20 Prozent auf Selbstliebe! Jetzt, sofort! Also, schlagt unbedingt zu! Denn das hilft wirklich gegen alles.

Lavalampe

Mein Herz ist eine Lavalampe. Es dauert eine ganze Weile, bis etwas passiert, aber dann brodelt und bumpert es wie wild.

Kinder kriegen

Ich habe schon oft überlegt, ob ich eine gute Mutter wäre. Tatsächlich ist das eine Frage, die ich mir im Leben bereits sehr früh gestellt habe. Noch bevor ich darüber nachdenken konnte, Tiefseeforscherin zu werden oder Astronautin, hat man mir eine Puppe in den Arm gelegt und mir gezeigt, wie man ihr die Haare kämmt und warum es wichtig ist, dass man gut auf sie aufpasst und sie andauernd liebhat. Das war eine Menge Verantwortung für eine Vierjährige. Manchmal lag ich nachts wach und hatte Angst, dass es meiner Puppe nicht gut gehen könnte. Dass sie in einem unbeobachteten Moment meinen Eltern zuflüstern würde, was ich für eine schlechte Mutter sei. Denn das war ich, ohne Frage: Ich hätte meine Puppe sofort gegen ein halbes Überraschungsei eingetauscht und manchmal habe ich gehofft, dass sie einfach wegläuft und nicht wiederkommt.

»Willst du ein Kind?«, hat mein Freund gefragt.

Und es war mehr aufrichtiges Interesse als eine tatsächliche Handlungsaufforderung. Mit der Erfindung des Kondoms, aber spätestens seit der Entwicklung der Pille, ist Kinderkriegen etwas geworden, dass man sich vorher sehr gut überlegen kann. Das führt dazu, dass in abendlichen

Wohnzimmern häufig Gespräche darüber geführt werden, ob man sich so etwas denn leisten könne und ob man überhaupt den Platz und die Zeit dafür hätte. Ein unaufmerksamer Zuhörer kann sich dann nicht sicher sein, ob es gerade um ein Baby geht oder um die Anschaffung eines sehr unhandlichen Viermann-Kajaks.

Der Freund und ich, wir stellen uns aber auch andere Fragen: Sind wir wirklich in der Lage, ein Kind großzuziehen? Haben wir überhaupt das nötige Verantwortungsbewusstsein? Es gibt durchaus Anlass, daran zu zweifeln. Seit die Nachbarn im Erdgeschoss links ausgezogen sind, weil die Wohnung für all das Elternsein und Kinderglück zu klein geworden ist, sind wir für die Müllentsorgung in unserem Haus zuständig. Im Flur hängt jetzt dieser Müllkalender, der einen daran erinnert, dass man mittwochs die graue Tonne rausstellt, weil graue Tonnen sich nicht selbst rausstellen können, denn das ist etwas, was der Fortschritt noch nicht geschafft hat, grauen Tonnen beizubringen, wie man möglichst geräuscharm ein Garagentor öffnet und sich davorstellt, als wolle man herumgentrifizierende Hipster daran hindern, im Innenhof eine vegane Eisdiele zu eröffnen. Der Müllkalender erinnert einen aber auch daran, dass man jetzt erwachsen ist und dass Dinge nicht mehr einfach so passieren, ohne ein bisschen körperliches Zutun.

Und oft funktioniert es einfach nicht. Im Grunde ist mir jetzt schon klar, dass ich trotz siebzehn gestellter Wecker nicht in der Lage sein werde, daran zu denken, Dienstagabend eine Tonne vor unsere Haustür zu stellen. Ich würde nicht mal dann daran denken, wenn die Tonne den ganzen Weg die Treppe hochkäme, um zur Erinnerung an unsere Wohnungstür zu klopfen. Wie soll das also werden, wenn ich tatsächlich mal ein Kind erwarte? Verpasse ich meinen eigenen Geburtstermin? Was ist, wenn ich mein Kind später überall vergesse? Was ist, wenn ich mein Kind aus Versehen fallenlasse? Und was sollte ich dem neuen Menschen schon beibringen? Ich habe das Game ja selber kaum verstanden. Es fühlt sich ständig so an, als würde man ohne Controller Playstation spielen, und da ist es wirklich nicht klug, wenn man jemanden dabeihat, der noch weniger davon versteht als man selbst.

Ich mag Babys. Ich finde die meisten furchtbar niedlich (auch die, die eigentlich hässlich sind) und ich interessiere mich sehr für Verdauungsgeschichten. Keine Ahnung, das war irgendwie schon immer so. Ich bin also diese Art von Freundin, der man gerne bei einem Stück Kuchen in großer Detailfreude von dem Stuhlgang des eigenen Kindes berichtet. Und ich würde dann so etwas sagen wie: »Guck an, das ist ja wirklich spannend!«

So eine bin ich. Aber ich bin niemand, dem man in einer mittelschweren Stresssituation wichtige Aufgaben anvertrauen sollte. Wenn meine Freundin sich kurz auf die Toilette entschuldigt und mich mit diesem kleinen Bisschen Leben zurücklässt, in diesem Café voller Leute, die mir dabei zusehen, wie ich vergeblich versuche, den Säugling davon zu überzeugen, lieber nicht zu schreien, dann werde ich schnell panisch. Dann fühle ich mich entsetzlich hilflos und deplatziert.

»DAS IST NICHT MEIN KIND!«, brülle ich dann. »ICH BIN KEINE SCHLECHTE MUTTER!«

Aber das fremde Kind schreit weiter und die anderen Gäste schütteln empört mit dem Kopf.

Es ist, glaube ich, normal, dass man panisch wird. Es ist normal, dass man nicht immer die Ruhe bewahrt, dass man nicht immer das Richtige tut. Und diese Zeiten machen es nicht einfacher. Ich habe wirklich große Angst, ein Kind in diese Welt zu setzen, weil das bedeuten würde, dass dieses Kind irgendwann in ein Alter kommt, in dem es begreift, dass ich an diesem Elend Mitschuld trage. Es fühlt sich ein bisschen so an, als wäre man ein sehr unfähiger Hotelbesitzer, der seinen Gast auf das Zimmer begleitet, stolz die Türe öffnet und dahinter verbirgt sich Mordor. Oder eine 15-Quadratmeter-Müllkippe, auf der ein paar Autokarosserien in Flammen stehen. Und dann sagt man: »Bitteschön, das ist Ihr Zimmer! Frühstück gibt es ab 8 Uhr, Check-out ist bis 10 Uhr. Internet haben wir nicht, aber genießen Sie doch einfach den Blick aus dem Fenster.«

Spätestens wenn das Kind sprechen kann, fällt mein Unvermögen vermutlich unangenehm auf. Ich habe ziemlich große Angst davor, dass man mir Fragen stellt wie: »Warum ist die Luft durchsichtig?«, »Wonach schmeckt Licht?« oder »Wieso genau habt ihr egoistischen Arschlöcher nicht einfach rechtzeitig damit begonnen, den Klimawandel ernst zu nehmen und weniger CO_2 zu produzieren? Wer von euch hat entschieden, dass man Tiere so schlecht behandelt, bevor man sie sich in den Mund steckt? Und, oh mein Gott, entschuldigt, dass ich lache, aber weiter seid ihr mit dem Feminismus nicht gekommen? Auch Rassismus ist wirklich noch ein Problem in dieser Gesellschaft? Und wer ist der alberne Mann, der da im Weißen Haus wohnt?«, weil das alles Dinge sind, die mich selber total fertig machen. Aber Kinder hinterfragen die

Welt und das ist toll und wichtig, weil genau diese Neugierde irgendwann abhandenkommt. Die letzte Frage, die ich mir laut gestellt habe, war die nach der Fernbedienung, als der Fernseher nach zehn Stunden »Gossip Girl« ankündigte, er würde sich nun selbst ausschalten, wenn keiner was dagegen hätte, weil er offenbar dachte, alle Anwesenden wären in der Zwischenzeit auf der Couch eingeschlafen oder verstorben. Wenn der Fernseher dich fragt, ob du noch da bist, läuft etwas gehörig schief in deinem Leben.

Ich bin ein schlechtes Vorbild. Mit einem Kind in meinem Haushalt müsste ich ein sehr anstrengendes Doppelleben führen und sehr viel Zeit darauf verwenden, so zu tun, als würde ich die Regeln befolgen, die ich selber aufgestellt habe.

»Kein Handy bei Tisch!«, würde ich sagen, während ich meine *WhatsApp*-Nachrichten checke.

»Keine Süßigkeiten vorm Mittagessen«, während an meinen Fingern Schokolade klebt.

»Räumt euer Zimmer auf«, während mein Kleiderschrank so aussieht, als würden die Olchis darin wohnen.

Ich habe mit der Erziehung schon bei mir selber versagt.

Wenn mich also jemand fragt, ob ich ein Kind möchte, frage ich mich automatisch, ob dieses Kind mich überhaupt als Mutter will. Denn das ist ja ein Geben und Nehmen, diese Konstellation hat ja zwei Perspektiven, und ich möchte nicht, dass irgendwer enttäuscht ist über eine Entscheidung, die ich mal getroffen habe. Als gäbe es eine Möglichkeit, so eine Entscheidung klug zu treffen, denn die gibt es nicht. Weil ein Kind nun mal kein Viermann-Kajak ist, weil es keine Pro- und Contra-Liste braucht, sondern nur etwas Abenteuerlust und den Glauben, dass nicht alles da draußen verloren ist. Die Wahrheit ist also: Ich wäre nicht gerne bloß Mutter, ich wäre gerne Freundin, Vorbild, Inspiration und ein zu Hause. Ich wäre gerne etwas mutiger, etwas wütender, etwas weniger vergesslich. Und vielleicht kommt der Rest dann von ganz alleine.

»Ich denke schon«, sage ich dem Freund also. »Aber lass uns mal bitte darüber sprechen, wie man diese Welt noch retten kann. Und wir müssen die Tonne rausstellen, das dürfen wir diesmal auf keinen Fall vergessen!«

Neubeginn

Das Jahr hat sein Verfallsdatum überschritten, zuletzt lag der Dezember leicht schimmelig in meiner Wohnung herum. Zwischen einem trockenen Weihnachtsbaum und Raclette-Resten, die schon eine Weile in der Küche darauf warteten, dass sie jemand herunterbringt, dorthin, wo man Dinge bringt, die man nicht mehr gebrauchen kann und die man auch nicht mehr um sich haben will, weil sie irgendwann schlecht riechen und nicht mehr schön aussehen. Ich bin froh, dass mich noch niemand dorthin gebracht hat, denn zwischen den Jahren vergesse ich manchmal, zu duschen, und die Tatsache, dass ich überhaupt noch am Leben bin.

»Zwischen den Jahren« ist eine Kategorie, die in etwa jenes Zeitfenster beschreibt, das Marty McFly durchquert, wenn er mit seinem DeLorian gerade zwischen zwei Jahreszahlen springt. Diese wenigen Sekunden, in denen der Fluxkompensator Uran durch den Motor peitscht und damit die Zeit in Bewegung setzt. Weil die meisten Menschen von Zeitreisen überfordert wären, hat man für den Jahreswechsel in der Realität direkt eine ganze Woche veranschlagt.

Diese letzte Woche fühlt sich an wie eine Ewigkeit. Das Jahr hat einen Kater, die Tage schleppen sich schwerfällig vorwärts, humpeln beinahe, und wenn man die Uhr nicht argwöhnisch beobachtet, hat man das Gefühl, man sei für immer gefangen in dieser Zwischenwelt aus Weihnachtsplätzchen und Chinaböllern. Ich habe mich zuletzt sehr für die Öffnungszeiten vom Supermarkt interessiert und lange darüber nachgedacht, wann man sich am besten dort blicken lässt, ohne Gefahr zu laufen, leere Regale vorzufinden oder allzu viele Menschen, die wissen wollen, was man Silvester so vorhat. Die einem einen »guten Rutsch« wünschen, was immer auch ein bisschen so klingt, als würden sie sich freuen, wenn es einen in der Obstabteilung mal kräftig hinhaut. Oder Menschen, die sich für Feuerwerkskörper interessieren.

Ich interessiere mich nicht für Feuerwerkskörper. Als Kind habe ich mich auch schon nicht für Feuerwerkskörper interessiert. Dafür haben sich Feuerwerkskörper aber immer sehr stark für mich interessiert. Einmal bin ich in eine Wilde Hummel geraten, die jemand geworfen hat, der offensichtlich wissen wollte, wie es aussieht, wenn meine Haare brennen. Einmal wurde ich von einem herabfallenden Raketenstock getroffen, was nach Aussage meines Vaters »absolut unwahrscheinlich« ist. Einmal wurde ich nochmal von einem herabfallenden Raketenstock getroffen, was nach Aussage meines Vaters »ein echtes Wunder« ist. Ich fühlte mich leider nicht wie ein echtes Wunder.

Feuerwerke sind ein dummes Hobby, weil man das nicht heimlich machen kann. Feuerwerke eignen sich nicht dafür, langweilige Vorlesungen zu überbrücken oder die

Wartezeit am Bahnhof. Feuerwerke sind relativ unpraktisch und auch etwas größenwahnsinnig, weil man dafür immer einen ganzen Himmel braucht. Feuerwerke sind mir aus Prinzip schon nicht geheuer. Feuerwerke sind nichts anderes als Müll, der fliegen gelernt hat und dabei ziemlich hart angibt. Feuerwerke erschrecken Tiere, und mich. Katzen, Hamster, Vögel, freundliche, flauschige Berner-Sennen-Hunde, und mich.

An dieser Stelle ein kurzer Einschub, für alle, die es interessiert: Dinge, die ich mit einem Berner-Sennen-Hund gemein habe:

1. Angst vor Feuerwerken

2. Kann nicht so gut und nur sehr langsam auf dem Handy tippen

3. Interessiert sich für Essen, von dem andere behaupten würden, dass es komisch riecht.

(Weiter bin ich mit der Liste noch nicht.)

Aber für so einen Jahreswechsel, da braucht es natürlich Feuerwerk. Da braucht es das Gefühl von einem Neubeginn.

Ich finde so einen Jahreswechsel immer ein bisschen peinlich. Als würde man direkt nach der Trennung einen neuen Partner in die Wohnung winken, die zweite Betthälfte ist noch warm vom Vorgänger und den Neuen kennt man so gar nicht. Okay, man hat etwas über ihn gehört, es gibt sowas wie »gemeinsame« Pläne, aber irgendwie hätte man auch einfach den Alten behalten können. Im Endeffekt sehen die meisten Jahre ziemlich gleich aus. 12 Monate, 365 oder 366 Tage, 24 Stunden. Mal matschiger Schnee auf Autodächern, mal ein bisschen Sonne auf welkem Fensterbank-Farn. Aber ja, an so einem Jahresende, da liegt plötzlich Aufbruch in der Luft. Wenn man sein Leben ändern will, dann braucht es offenbar Silvester, dann reicht es nicht, wenn man sagt: »10, 9, 8, 7, 6, 5, 4, 3, 2, 1 … Yeah – 16:30 Uhr! Ab jetzt ist alles anders! Ab jetzt mache ich verrückte Dinge! Ich werde Estnisch lernen!«

Nein, es braucht große, gesellschaftlich anerkannte Umbrüche. 16:30 Uhr ist kein gesellschaftlich anerkannter Umbruch. Es braucht Neujahrsansprachen, gute Vorsätze, es braucht Feuerwerk.

Ich sitze also am Fenster und bin erschrocken. Weil es draußen blitzt und knallt. Weil wieder ein Jahr rum ist. Weil alle »Frohes Neues!« rufen und man sich dabei weder froh, noch neu fühlt. Und zwischen all den sterbenden Raketen und dem bisschen *Aldi*-Sekt, der einem beim Trinken in der Nase kitzelt, hört man plötzlich reichlich Pathos, der sich in die Worte mischt. Da ist die Rede von irgendwelchen bedeutungsschwangeren Versprechen, die Sekunden später schon mit der nächsten Rakete am Himmel verpuffen. Und man kann nur hoffen, dass dabei nichts kaputtgeht und niemand verletzt wird.

Ich habe im letzten Jahr ein paar Leute verletzt und das war sicher nicht meine Absicht. Es kann sein, dass da jemand traurig war, weil ich mich zu wenig gemeldet habe, obwohl ich es wirklich oft vorhatte, aber Gedanken schreiben nun mal keine SMS. Es kann sein, dass ich manchmal schlecht zugehört habe. Dass ich hätte aufmerksamer sein können, obwohl das manchmal anstrengend ist. Es kann sein, dass ich im falschen Moment gelacht habe, weil ich wirklich schwer ernst bleiben kann, wenn jemand zu häufig das Wort »Kot« benutzt. Auch wenn er ein Arzt ist.

Das kommt auf die Liste an Dingen, die ich im letzten Jahr gelernt habe: Nicht an der falschen Stelle lachen. Was ich im letzten Jahr noch gelernt habe? Ich habe gelernt, dass die Welt unruhig geworden ist, aber nicht wie man damit umgeht. Dass da Hass ist, aber nicht, was man dagegen tun kann. Ich habe gelernt, dass Freunde Leben retten. Dass ich eine wahnsinnig schlechte Erwachsene bin, weil ich meine Bettwäsche nicht bügele und meinen Sparkassen-Berater nie zurückrufe. Ich habe gelernt, dass Stillstand feige ist.

Was ich mir also für dieses Jahr vorgenommen habe? Veränderung, immer dann, wenn es notwendig ist, egal, ob 16:30 Uhr oder 00:00 Uhr. Nie aufhören, dazuzulernen. Nie aufhören, fröhlich zu sein. Denn das ist Punkt 4 der Dinge, die ich mit einem Berner-Sennen-Hund gemein habe: Ich bin gerne glücklich.

Und Punkt 5: Ich interessiere mich nicht für die Zeitrechnung, ich lebe einfach. Und ganz vielleicht lerne ich demnächst dann auch endlich Estnisch.

SANDRA DA VINA
»SAG ES IN LEUCHTBUCHSTABEN«
(2014)

»Der Zauberer hatte allerdings nicht damit gerechnet, dass ich meine eigene Säge dabei hatte.«

Spot an! Zwischen diesen Buchdeckeln flouresziert allerlei literarischer Mumpitz. Sandra Da Vina spielt mit dem Lichtschalter und beleuchtet das Leben in seiner skurrilsten Gestalt. Dabei liegen Tragik und Komik immer dicht beieinander. Es sind nicht nur die Worte, die leuchten, sondern auch ihre Protagonisten. Ob ein verliebter Dino oder trunkene Tod – Sandra schreibt von den großen und kleinen Begegnungen. »Sag es in Leuchtbuchstaben« ist ein Buch, das man dringend im Dunkeln lesen sollte. Wie eine heiß gelaufene Lavalampe wärmen Sandras Texte von innen heraus. Hier stehen die Helden im grellen Scheinwerferlicht, dort kuscheln sie bei sanftem Kerzenschein. Und immer in Leuchtbuchstaben.

»Wer Sandra schon mal auf der Bühne erlebt hat, braucht danach einen chirurgischen Eingriff, um das Lächeln wieder aus dem Gesicht zu bekommen.«
(David Grashoff)

ISBN 978-3-95461-016-7
13,90 Euro
www.lektora.de

SANDRA DA VINA
»HUNDERT METER LUFTPOLSTERFOLIE«
(2016)

»Ich habe meinen Lieblingspyjama an, den gelben mit den Fotos von mir drauf, damit potentielle Einbrecher denken, ich wäre viele, und dann Angst bekommen.«

Gut verpackt kommt Sandra Da Vinas neues Buch daher. Es geht ums Erwachsenwerden und Erwachsengewordensein, um den Zustand der Welt, der Liebe und um H&M-Umkleidekabinen.

Und ja, das verspricht eine Menge Gefühl und Schabernack. Hundert Meter Luftpolsterfolie, diese kindliche Freude am Kaputtmachen, aber auch diese innere Leere, wenn die Luft raus ist – aus der Beziehung, aus der Freundschaft, aus dem Leben. Da Vinas Worte knistern und knallen, ihre Geschichten machen Lärm und sind dann wieder ganz leise. »Hundert Meter Luftpolsterfolie« sind hundert Meter Vergnügen. Und Da Vinas Texte beweisen vor allem eins: Sprache ist immer noch der beste Schutz, der stärkste Stoßdämpfer, gegen die Realität da draußen.

»Sandra beherrscht die Kunst, Menschen zum Lachen, zum Nachdenken oder auch zum Weinen zu bringen. Und mit Weinen meine ich auch Lachen.«
(Sebastian 23)

ISBN 978-3-95461-085-3
13,90 Euro
www.lektora.de